河北省雁翼研究会重点书目
邯郸学院资助出版

聆听三月

——邯郸大学生诗歌节作品精选

（2015）

王红升　韩燕红　王　伟　主编

北京理工大学出版社
BEIJING INSTITUTE OF TECHNOLOGY PRESS

图书在版编目（CIP）数据

聆听三月：邯郸大学生诗歌节作品精选．2015／王红升，韩燕红，王伟主编．—北京：北京理工大学出版社，2016.8

ISBN 978－7－5682－2390－4

Ⅰ．①聆…　Ⅱ．①王…②韩…③王…　Ⅲ．①诗集－中国－当代　Ⅳ．①I227

中国版本图书馆 CIP 数据核字（2016）第 155165 号

出版发行／北京理工大学出版社有限责任公司

社　　址／北京市海淀区中关村南大街 5 号

邮　　编／100081

电　　话／（010）68914775（总编室）

（010）82562903（教材售后服务热线）

（010）68948351（其他图书服务热线）

网　　址／http：//www. bitpress. com. cn

经　　销／全国各地新华书店

印　　刷／保定市中画美凯印刷有限公司

开　　本／710 毫米×1000 毫米　1/16

印　　张／18.75

字　　数／180 千字

版　　次／2016 年 8 月第 1 版　2016 年 8 月第 1 次印刷

定　　价／76.00 元

责任编辑／王俊洁

文案编辑／王俊洁

责任校对／周瑞红

责任印制／王美丽

编　委　会

序　言

聆　听　三　月

转眼又到了一个新的春天，在这春暖花开的时节，《聆听三月——邯郸大学生诗歌节作品精选（2015）》就要出版了，这也是“邯郸大学生诗歌节”举办以来的第三部作品集。望着窗外如海的花丛，第一届诗歌节举办时的情景还历历在目。在三年的时间里，“邯郸大学生诗歌节”日趋成熟，也日益成长为在全国大学生中有一定影响的一项品牌化、特色性的文化活动。

与前两届相比，2015 年的第三届邯郸大学生诗歌节有着一些不同于以往的特点。

首先，参与面较广。基于前两届活动的广泛影响，加之新开通的微信公众号、QQ 群、新浪微博等网络平台的宣传，2015 年的第三届邯郸大学诗歌节，迅速得到了全国大学生乃至海外留学生的积极支持与响应，海内外 282 所高校的 1 159 名大学生寄来了他们的 4 552 首诗歌作品。这些作品的作者，在层次上涵盖了博士、硕士、学士各个层次；

在来源上涵盖了全国除港澳台之外的31个省市区，甚至还有海外留学生；在所属学校上涵盖了“985”、“211”高校、各省骨干院校、新建本科院校、专科学校，其中既有公办院校，也有民办院校，既有普通高校，也有军队、武警院校。这些都标志着邯郸大学生诗歌节的影响范围越来越广。

其次，来稿水平进一步提高。与前两届相比，本届诗歌节有一个鲜明的特点，就是来稿的许多大学生不仅仅是普通的诗歌爱好者，也不仅仅是出于个人的兴趣在进行诗歌创作，他们当中一些人已经在诗歌的百花园里拥有了自己的一席之地，在全国各类诗歌评奖活动中屡获褒奖，甚至一些作者在全国青年诗人群体中还小有影响。作者水平的提高带动了来稿整体水平的提升。仅从92位获奖作者所在地区和高校分布来看，涵盖了全国19个省市区的68所院校。他们的作品，不仅体裁丰富、题材多样，而且整体创作水平较之前两届确实有了明显的提高。

再次，活动内容更加丰富。前两届诗歌节除了征稿活动之外，仅组织了评奖和颁奖活动。此次诗歌节的活动内容则大大丰富了，除了组织颁奖会，还增加了专家报告、诗歌创作研讨、获奖作者沙龙、记者访谈、发布宣言等多项内容，并首次邀请邯郸以外的获奖作者代表参加颁奖和上述一系列活动。我们邀请到了鲁迅文学奖获得者、著名诗人、河北省作协副主席大解先生，专门为获奖者代表和大学生作了学术报告，针对感兴趣的文学话题与大家交流探讨；我们组织了多场不同形式、不同规模的获奖作者沙龙、大学生诗歌沙龙，邀请诗人、学者、高校教师、前两届获奖者，与本届获奖代表和诗歌爱好者进行了多种形式的座谈；《九月》杂志社记者对部分获奖作者进行了访谈，并在杂志上为此次诗歌节开设了专题，介绍诗歌节活动盛况，刊发访谈文章，选登了获奖作品；此外，在这届诗歌节活动中，获奖代表与各位诗人学者广泛研讨当下诗歌的发展，向全国大学生诗歌爱好者发出了《2015 中国邯郸大学生诗歌节邯郸宣言》。以上这些活动，使得本届诗歌节内容更加丰富，效果更加显著。

最后，产生了一定的社会影响。这届诗歌节得到了众多诗人和专家学者的关注，中宣部原副部长、文化部原代部长、著名诗人和剧作家贺敬之先生始终关注着大学生的这一文化赛事，认为这一活动对于繁荣诗歌创作很有意义，希望持之以恒地办下去，产生更大的影响，并专门为诗歌节发来了贺信。《诗刊》社常务副主编商震先生在了解邯郸学院连续三年举办这一面向全国大学生的诗歌活动后，非常高兴，并决定参加此次诗歌节，因临时有其他公务不能参加，专门发贺信希望我们咬定青山不放松，一届一届办下去。《中国诗人》杂志主编安娟英女士不仅热烈祝贺诗歌节活动的举办，希望共同为促进文学发展做出贡献，还积极向诗歌界的朋友宣传这一活动。这届诗歌节也在文学界引起了一定的反响，诗歌节活动之后，投稿的大学生代表在省市作协的大力支持和提携下，先后受邀参加了“第八届河北青年诗会”、“《诗选刊》基层青年诗人培训、改稿会”，获得了进一步向许多诗人朋友学习的机会，开阔了视野，提高了水平。

评奖是诗歌节的核心内容。像往年一样，为保证作品评审的权威性、公正性，这届诗歌节由邯郸学院邀请专业教师和邯郸市作家协会的知名诗人共同担任评委。评奖过程中，由工作人员隐去作者姓名对所有来稿进行编号，然后交由初评委背对背进行初评，通过初评的稿件交由复评委进行背对背复评，通过复评的稿件再交由终评委集体终评，最终产生各个奖项。经评委认真细致、公平公正的三轮评选，本届诗歌节最终评选出获奖作品一等奖6首，二等奖12首，三等奖24首，优秀奖50首，除了向所有获奖作者颁发获奖证书、奖品之外，一、二、三等奖的作者还分别获得了1 000元、500元、200元的现金奖励。

邯郸学院始终对诗歌节活动非常重视。从第一届至今，从人力、物力、财力上给予了全方位的支持，不仅为获奖者专门设立奖金、颁发奖品，而且遴选优秀作品，邀请专家进一步给予指导，专门打磨，结集出版。需要说明的是，这届诗歌节的优秀作品很多，除了92首获奖作品，还有许多作品虽然没有获奖，但也体现出相当的水平。为了更加全面展示这届诗歌节来稿的整体情况，这本书在编辑过程中还酌情收录了一些获奖之外的作品。这些作品同样体现了当代大学生对青春、友情和爱情的向往，对人生和未来的思考，对文学、对社会多样化的表达，相信同样能给大家带来欢乐和思考。

英国作家培根说："人们历来认为，诗歌有一种神奇的力量，因为它能够振奋人的精神。"诗歌，是人间最美的艺术花朵。内心有爱，就会有诗；心中有情，就会有歌。诗歌中蕴含了莘莘学子的社会责任感和历史使命感，诗歌中渗透了当代青年的生命之力与生命之思，诗歌中表达了祖国新生力量的梦想与希望。

有诗的校园是美丽的，有诗的校园是有活力的。我相信，在诗意校园的芬芳中，会有越来越多的人与诗歌结缘、以诗歌为伴，让我们尽情在诗的海洋里徜徉，共同唱响诗的青春赞歌，享受诗歌带给我们心灵的欢悦和富足。

古人有云："小荷才露尖尖角。"愿邯郸大学生诗歌节这株小荷在各方面的关怀、呵护之下，继续茁壮成长，盛开更加艳丽的花朵，为当代诗坛百花园增添更多更美的风景。

2016年3月29日

（作者系全国优秀教育工作者，教育部本科教学评估专家，全国教师教育学会地方院校协作会副理事长，河北省雁翼研究会会长，邯郸学院党委书记，教授，博士、硕士生导师）

目　录

聆　听　三　月

01 第一部分
曾经的距离

02 第二部分 南方以南

03 第三部分 我们到底在不舍什么

04 第四部分 跟着黎明赶一次潮

05 第五部分 研磨过往

06 第六部分 我愿是那一株白杨

第一部分

曾经的距离

不悔梦归处

◇ 张娇娇

我的心曾紧闭
昨日里所有的经过
都只为遇见此刻的你
你披着阳光出现
送我一个寒冬
让春天的百花盛放

我抬起头来
看阳光穿过绿荫
洒落在你双肩
“我为什么爱你”
这是一个关于幸福的秘密
埋藏在我的第一根白发里
恐怕需要一生的时间才能回答你

你爱上我时
细藤初上
花朵初绽
秋雨还未滴

当风霜开始侵蚀
我依然爱你
因为我爱你
不仅仅是爱你年轻时的魄力
也爱岁月在你身上留下的痕迹

可这美丽的故事只是我虚幻的期许
有着脱离现实的无力

那就让我做一棵梧桐吧！
扎根在大地
屹立在风雨里
在金黄充满大地的日子里相遇
让我爱上你
用第一根白发的名义

作者简介

张娇娇，邯郸学院文史学院汉语言文学专业 2013 级学生。

穿越大半个中国去看你

◇ 叶小凡

伊甸乐园并不宽大，从园初到尽头都在一块土地
我欣喜于此，无须静候大陆漂移，我必须
以老天爷赐予的血肉之躯去看你，而不借以外物
幸而太阳恰好剩下一个，我相信这一路将充满温暖与光明

我将沿着京杭大运河北上，沿着纬度的痕迹一刻也不停歇
我将尽我一切所能去避开——爱因斯坦相对论
和一切衰老的东西，以我最年轻饱满的身躯出现在你面前
放心吧！我深受祝福且未受过诅咒，这一切注定不是西西弗斯般徒劳

我将沿着祖国母亲的第三层脊骨去看你，
从一艘小船坐成马车的样子，从一身春意落成满地白雪
无数个华灯初上的日子，流水线般的光明掩映着贪婪和私欲
还有这节节南逼的西伯利亚高压：“束手吧！稀丽玛蒂，
你将获得高贵的血液。经受这一场革命的暴雨，回到南方去。”

但我是穿越大半个中国去看你

从宽厚的大叶子走成刺骨的针叶林，从初潮的女孩走成成熟的女人
我还记得绿手指的信仰，即使血液混浊不堪也要前行
也要浑身清白地去看你

作者简介

叶小凡，福建师范大学经济学院 2012 级经济学基地班学生。获 2015 邯郸大学生诗歌节征稿三等奖。

爱人，我们途经的风里必须有火

◇ 陈　洁

今天我需依靠写诗、酗酒、吐出烟圈以度过长夜
除此之外，我还可以闯进一幢公寓，久居下来
在任何一间房，拉上窗帘，点亮灯
让灵魂在反复的自赎中达到高潮，无人时可说情话：
爱人，我们途经的风里必须有火
一次爱是战争一场，必须有硝烟弥漫过的废墟

而爱人，一个不知道我的姓名，另一个
在一场梦境里逐渐清晰，随后陌生，从未得到记录
于是虚无成了不可确证
公寓是一朵随海漂流的玫瑰，一封昏黄台灯下写下的信
和苹果糜烂后的甜香
爱人你和我，我们是蝴蝶的两翅
在永恒的时间里无法抵达，死亡就这样充满诱惑

我妄想你该对我的忧郁负责，为你爱过并爱着许多人而感到责难

语言此时遥不可及，而沉默
如窗外雨、瓦上雨、檐下雨，玻璃瓶里锁着的长夜
再也没有完尽的时候，如你的故事顺着天黑
冲进河的暗流，而我拥有多次下坠
抱住一片海的时候幻想被它带走

还有什么事非要做的话，我在床上安置发臭的身体
然后再次一遍遍亲吻自己至天色泛白，天灰白时
死一人，叶子都落下，山的颜色逐渐清瘦，而
我拥有黎明的肌肤

作者简介

陈洁，湖州师范学院文学院汉语言文学（师范）专业2013级学生。获2015邯郸大学生诗歌节征稿三等奖。

此物最相思

◇黄　健

她回去好几天了

但我没数

到底是几天

今天她发消息说

自己早上用红豆来煮饭时

煮焦了，很难看

其实

焦了的饭要变红

而那些红豆

会更红

作者简介

黄健，河北地质大学勘查技术与工程学院勘查技术与工程专业 2013 级学生。获 2015 邯郸大学生诗歌节征稿三等奖。

情人节：凿壁

◇ 彭晓杨

凿壁不是为了偷窥，窃一缕烛光
想在黑暗里挖出一些慰藉——

虚空散着旧时玫瑰的余香
恍惚间，治愈了所有的伤口

书卷中的爱情曾是你送我的信物
已在记忆深处加密存档，时间未能删除

只是，只是所有的伤口
又被早该预料到的结果，撕裂

戏弄人的金银使墙成了天涯
小孔射出的光线，多像一支利箭

作者简介

彭晓杨，铜陵职业技术学院管理经贸系电子商务专业2014级学生。获2015邯郸大学生诗歌节征稿三等奖。

等你

◇ 朱啸艳

我合起了泛黄的书卷
将褪色的老照片
抛进四季轮回的往昔

在落日慌忙消隐的黄昏里
在促膝长谈的深夜里
在岁月掀起的涟漪里
在走马而过的青春里
我都能窥见我们离别的样子

人潮涌动
但愿我的勇气始终长久
春暖花开
或秋寒落雨
都等你清风携明月
向我走来

作者简介

朱啸艳，江西农业大学工学院工程管理专业2013级1班学生。

留恋

◇王 宇

关于那缠身的心事
像烟雾弥漫的炉房
不断用烧不彻底的躯体加温
我们永不能忘的事实
秘密

诗歌释义：这是一首短情诗，描写的是恋人刚刚分手的一种心理方面的活动，把不舍作为缠身的心事，因为分手，双方由原来的亲密变成现在的形同陌路，关系微妙而朦胧。但时不时会出现的不舍，像是即将燃烧殆尽的煤块，对心痛加温。由于无法再续前缘，仍有爱意存在，便成了俩人不能忘记和忽略的“私密的谜”一般的秘密。所有的这些，暂且就称它为留恋。

作者简介

王宇，邯郸学院经济管理学院文化产业管理专业 2014 级学生。获 2015 邯郸大学生诗歌节征稿优秀奖。

四月

◇ 吴　辉

你在四月里看樱花，落满了焦灼
或者雨水改变方向，行人亦是一样
我在樱花这边看你裁成几段的思念
就像你的侧脸，风吹过鬓角
和一首旧歌是一个模样

此刻我就像那锈蚀的窗口
春天的风在蓝天的眼里翻滚
我经过这扇窗看不到你的背影
你遥远成了远方，一种悬念
落在我苍白的手上，风便消失了

我若把我的春天让给风，你便会出现在镜子面前
可是你不知道，我的灵魂就是那面镜子
我不仰望也不俯瞰，端坐在你的面前
任你在我的灵魂中火化，剩下不深不浅的灰烬

一些花蕾虚掩着，是燕子赶路的声音在响
解不出你的神秘和关于你的想象

其实在梦中想象也是无所得失

唯有一切归于宁静，内心才会痛楚

这样才是思念最真实的距离

作者简介

吴辉，笔名梓石，湘潭大学文学与新闻学院汉语言文学专业学生。有小说、诗歌刊于《文学界》《诗选刊》《散文诗》《意林》《湘潭文学》等，获 2015 邯郸大学生诗歌节征稿优秀奖。

思念

◇ 詹鸿龙

如果思念是
燃烧不曾灭的火焰
那么心痛的感觉可会减少一点点
那些，曾经关于
你的方方面面总是在脑海里反复刻画
如果思念是
昨夜难咽的苦酒
我们是否都曾幸福地牵着爱情的手
那些，曾经关于
你和我明天懵懂的画面在心中一遍遍浮现

生活让我们相识
会不会是上苍对我的调戏
和你聊天谈事其乐无比
会不会是老天对我的恩赐
当相爱的人不能在一起
就像太阳和月亮永远失去相遇的机会

思念是一种无情的折磨

也许我们应该忘掉昨天
大胆地从容应对生活坚强
是一个男人对自己的信诺

当爱的道路不能继续走下去
脚步何须在崩溃的边缘徘徊
犹豫如果感情是一阵吹过的风儿
我不过是那层可有可无的灰尘
再也不可能存在风儿和沙的浪漫
或许我们彼此注定不是传说

等待着，等待着
期待下个路口相遇
我还在迷茫地生活
渴望着，渴望着有人为我疏通

作者简介

詹鸿龙，新疆大学化学化工学院化学工程与工艺专业2014级学生。

归人

◇ 汤诗雅

我静静地站在喧嚣的街角
车水马龙，人烟熙攘
而我的眼里，只有你
如凌波般如梦如幻
你的罗裳被谁轻触
你的笛声向谁倾诉
你的年华与谁同度
烟柳画桥，茶烟尚绿
月移花落，霞染天光
你的月色爬上朱窗
你的花影映上高墙
黛眉长敛，春色飘零独往
云遮薄月，夕阳唱晚，人影茫茫
谁给你的唱曲题上新词
谁给你的心头画上断肠
你的闲愁又与谁共享?
一川烟草，载不动我的苍凉
满城风絮，理不清我的思量
只有梅子时节的细雨

模糊了我的眼眶

作者简介

汤诗雅，江汉大学人文学院汉语言文学专业 2013 级学生。

错过

◇ 李朋伟

又是这样的一个夜
仿佛永远不会改变的孤独
我的神思忧郁，在夜中
只有白月孤独，不见群星相伴

又是一样的惆怅、彷徨
仿佛永不会再有其他的情感
沉默的黑暗，静寂无声
也只有漫泛的忧愁相伴

远处的声响传到耳边
竟如你亲密的低语
我的心早已不得安宁
我又想起了你

想念引起的感动，竟使眼睛
酸烫得想要流下眼泪
你不在，已有多长时日
我的心日日数算，竟不得而知

在这安静的夜中，寂寞
使我又想起了你
而你，是否也在同样的夜中
曾想念过我?

我望过窗外的深天，想要
得见往日的繁星，只因那繁星是你我
最浪漫的见证，而现在
那繁星却隐藏，或已坠落

不知你现在是否幸福
也不知你的心中还有没有我
无论怎样，我都要为你祈祷
给予你，我最美的祝福

或许将来偶然相逢
但希望你我都当是陌路过客
毫无交际地擦肩而过
或许才是最好

纵使过后你我
都会流下心痛的泪水
但是，请不要回头
回头，只会带给我们更多的错过

错过，纵使会有心痛，也会有
伤心的懊悔
但我们都要继续向前，也要明白
没有无缘无故的错过
也没有完美的结果

作者简介

李朋伟，河北农业大学渤海校区文管学院市场营销专业 2014 级学生。

等你，在江南的烟雨中

◇ 徐志辉

初春的江南
带着朦胧的烟雨
仿佛
又是一个等待的季节
我该如何等你
在这缥缈的烟雨中
寻找那失去已久的身影
以及那熟悉的气息

等你，在这江南的烟雨中
撑一支花伞
在那古桥河畔
驻足
眺望

等你，在这江南的烟雨中
着一身素衣
一双布鞋
在丝丝的烟雨中

细数

踩过的块块青砖

等你，在江南的烟雨中

穿过

片片的柳林

在诗意的春色里

看漫天落下的花雨

等你，在江南的烟雨中

也许你并不会出现

而我

会耐心地等待

在这如水的江南

直至变老

作者简介

徐志辉，广西科技大学医学院药学系 2014 级学生。

待你归来

◇ 刘笑宇

我看见火海刀山、冰川雪原
我去往海角天边
寻觅未知的明天
你看，雪莲盛绽，茫茫天地间
你看，彼岸花开，悠悠忘川边
你听，风正穿梭丛林，呼啸奔腾
你听，雷声震彻天地，气贯长虹
我遇见精灵在花间舞蹈
跃动的身形谱成一曲华章
我遇见妖魔在月下奔跑，
身上的盔甲泛着幽幽的蓝光
我遇见天使展开了翅膀
伫立在空无一人的街口向天堂仰望
我已经
为你踏遍了这世上所有的角落
每株花草，都见过我的样子
每只动物，都听过我的声音
每个善良的人，都曾对我微笑
那么下一世，茫茫人海中

若我遇见你

可以，记得我吗？

作者简介

刘笑宇，北京化工大学经济管理学院物流专业2014级2班学生。

城市记忆

◇沈 伟

我把你
刻成风的模样
浸在城市的每个角落
不知是谁
竟打翻了记忆的胶水
惹得夏日如此难耐
等不到的清爽
是抹不开的浓妆
让人沉醉
也迷蒙

作者简介

沈伟，邯郸学院文史学院汉语言文学专业 2013 级学生。获 2014 邯郸大学生诗歌节征稿优秀奖、2015 邯郸大学生诗歌节征稿三等奖。

我想我是一只鸟

◇吴　迪

我想我是一只鸟，
不为自由，只为飞到你的身旁。
夜里的明月不再是思念，
孤独也将被流星射杀。
云朵飘飘指引着你的地方，
而轻风则将我送到你的身旁。

我想我是一只鸟，
可以在天空写出一封情书，
让雨滴倒影出它的深情飘到你的窗台，
即使破碎在冰凉的石板，
依旧侵蚀下永世的爱痕，
或许，我应该期许你会温柔地将雨滴捧在掌心。

我想我是一只鸟，
从此我的世界没有高山阔海，
更没有海峡与边境，
整个的地球都是我的故乡。
即使你在千里之外，

我依旧可以随时随地与你一起。

我想我是一只鸟，
听过阿里山的歌声，
再去看看庐山的云雾。
享受过贝加尔湖畔的悠远宁静，
再飞到第聂伯河畔肥沃的黑土地走走。
我想我是一只鸟，所有的一切都将是美好。

作者简介

吴迪，武汉生物工程学院生命科学与技术系生物工程专业2012 级学生。

曾经的距离

◇王　播

假如世上没有我和你，
会多一份痛苦还是甜蜜？
阳光下少了两个恋人的影子，
蓝色的天鹅在灰色的湖面上游来游去，
枪炮和猛兽都潜伏在湖底，
残酷的陆地在高傲的天空下蹒跚，
万物等待着结局。

狂风卷荡着错杂的气息，
所有的城市都疯狂，
火车在天上乱撞，
天堂和地狱都一样兜售肮脏，
只有卑微的蚂蚁身怀美丽的梦想，
教堂和寺庙被砂石掩埋，
工厂的烟囱里长出了植物扭曲的身体，
人们不分是非，不管谁是谁，
漂亮的陌生人猝死在漂亮的床上，
电视机把频道挨个换，
细菌在冥王星上快乐生长。

火焰里挣扎出黑色的手臂，
把物质拖进罪恶就地分赃，
无意义和死亡在世上划分疆域，
拉扯着银河的星汉睁大了眼睛，
在没有爱情的历史里，
从古到今多少痛苦悲欢，
谁曾体验这样的菩萨心肠？

世界终于在神圣黎明里放出光亮，
快乐的你就在这一天来到世上。
不管日轮已环绕地球多少春秋，
干涸的荒漠再难阻挡这激荡万年的横流，
谁阻挡光明前行，谁就会流血，
谁就会死亡，
亘古以来头一次空前绝后，
甜美温柔的爱情真正统治全球！
所有人一口饮尽
哪怀疑它是否会见血封喉，
也有人因此万分忧愁，
这忧愁的证据随处都有，
香槟、茅台、伏特加和鸡尾酒，
为何南极和北极始终有无限的距离，
时而欢笑歇斯底里，
时而悲伤痛哭流涕，

爱情是深奥而崇高的谜语，
一往无前的行动就是它的谜底。

我知道你我之间存在距离，
请再听我轻声告诉你，
请给我一个长假，
穿越广漠的世界，
在你的面前留下微笑。
请给我一叶扁舟，
我会选择划过静谧的时光，
我知道你我的距离很长，
但我建议我俩，
选择在一个春天起航！

作者简介

王璠，东北林业大学园林学院风景园林专业学生。

遇见

◇ 的巫哈

像是奔赴一场前世的约定
履行一个曾经的承诺
于茫茫万千人海与你擦肩，又重逢
不过，最美的还是　遇见你　在我最美的年华
于是，我怎又舍你　钻进我一生要遇的三千万里去
许是我孤独已久
不胜夜的漫漫又凄凄
只盼着，只盼着　得一人伴　好让寂寞作灰
扬到我看不到的地方
不过，最幸运的还是
遇见你　恰逢其时
在我最美的年华
因为你在，心里欢愉的歌声才从未停止
因为你在，阳光里的风中才夹了草的清香，痴了我的嗅
因为你在，夜或许可以脱下死寂，覆上一层属于你的活光
我的心才好住进些温暖　不再那般冷彻
许是我尝到了幸运的滋味
于是，我指着大海的方向　默默许下又一个幸运
愿你遇见我　在你最美的年华　愿我的夜　不再寂长

不过，最欣慰的还是　遇见你　在我最美的年华　在我归家的途中

作者简介

的巫哈，笔名庄遥，中山大学中文系汉语言文学专业2014级学生。

风

◇ 孙智强

朔北的风总是让我想起
那一去千里的大漠黄沙
纱绸商队以及驼铃
它藏在一年四季里
如同炎炎烈日下的倒影
如影随形
我在远行时总想起南方
想起曾经轻轻拂过我脸庞的风
想起那小桥流水的景致里
走出来的水墨画里的女子
而南方的风呀
你何时悄悄走进我的心里
荡起了阵阵涟漪
我的心事你都已知道
千万不要告诉她
这只是我们之间的秘密

作者简介

孙智强，笔名雪连城，中国石油大学（华东）储运与建筑工程学院油气储运专业 2013 级学生。

夜幕下的背影

◇ 刘云风

风沉思着，灯就亮了
舞台开始了欢乐
返老还童的小鸟叽喳进场
星星落在每个地方
灯光照射在我的身上
忽然，灯暗淡
佝偻的身影双双落入眼帘
双手紧握的他们，在微光中走来
时光带走了他们的青春
留给了他们彼此不放的双手
微光中的身影一晃一晃
仿佛微风一吹便倒
他们在这三分钟的道路上蹒跚着
因为身体上的缺陷，他们是特殊的
同时他们又是幸福的，只因那紧紧相握的双手
静坐，彼此倚靠着
谈笑着过往的故事
月亮开始了躲猫猫
起身

牵起对方，迈向回家的路

夜幕下的他们

美得无可挑剔

夜幕下的背影

双手不放地坚定

一生陪伴，风雨同舟

莫过于他们

作者简介

刘云凤，邯郸职业技术学院文法系法律专业 2014 级学生。获 2015 邯郸大学生诗歌节征稿优秀奖。

郁金香花开，阿姆斯特丹

◇汀 伶

远方的晚安持续流转多少个幽深寂寥的夜
松针上的清露同初晨的第一道光
落在红土高原上，你曾踩过的土地

桃花很快又要开了，燕子向家的方向抖动翅膀
你还在异乡，听着叽里呱啦不熟悉的语言
不回来吗？没有准确的答案写成字句
我也就，不敢早早地准备接风洗尘的酒宴

比四年还要久远的夏季
微雨绵绵，打湿还在懵懂的毕业季
我无法准确地预知再见的日期和情景
确信，不会等太久吧

郁金香开的季节，阿姆斯特丹
你就站在那里，遐想北半球的一抹彩霞
我不懂得，你的孤独、痛苦、无助。或者是无尽的忧愁
告诉你，大观楼前的花也开了。
正等你回来

作者简介

汀伶，本名任如意，云南师范大学哲学与政法学院哲学专业2013级学生。有诗歌发表在《羊城晚报》《新风报》，获“金光大道”全球华文校园散文诗大赛优秀奖、2015邯郸大学生诗歌节征稿优秀奖。

然后是雪花来临

◇王 振

坐在没有阳光的日子里
所有斑斓的情节被一只鸟衔起
又不经意丢落。心绪从此怅惘
当窗户打开，月色悄悄关闭
暗蓝的涛声拍翅而起
我俯耳倾听。记忆之中的苍蝇
掩盖了一双明亮的眼睛
一如贝壳掩藏了久远的哨音

折叠阳光，折叠不再的灿烂
折叠成千纸鹤，床前亘古的柔情
把阳光写进日记，温暖一个冬天的梦想
你修长的手指捋起我颀长的记忆
你的那把梳子呢，为什么不梳一次
我们久远的伤痛和无望的爱
为什么不梳一次？我绝望地想

坐在没有阳光的日子里
我开始描摹你的病容，描摹

这个冬天里唯一的亮丽。树上残存腥黄
腐蚀的意味袭来，美丽的思绪
分解成一支香烟和玫瑰

坐在没有阳光的日子里
我开始珍惜温暖，珍惜远去的涛声
任鸟鸣拍打我受伤的记忆
任你冷漠的眼神抚摸我的脆弱
横起一片，歌声和灾难同时降临
我懂得最后一堆火苗的意味
怎样仓促，然后是白雪来临

作者简介

王振，中国科技大学外语系 2013 级翻译硕士研究生。获 2015 邯郸大学生诗歌节征稿优秀奖。

第二部分

南方以南

写给母亲

◇ 安悦新

我的第一声啼哭
就撕痛了你的整个世界
从此
我从你的身体里住进了你的心里
我一轻轻睁眼
就润湿了你的整个季节
从此
你的世界因我而阴晴圆缺
无数次的黑夜
都是我的歌声唤来黎明
无数次的黎明
又是我的笑容陶醉了黑夜
我像小草一样拼命发芽
你像冬天一样白了头发
有一天
我突然长大
像你一样成了妈妈
就会懂得
这些笑着流泪的

光阴年华

作者简介

安悦新，邯郸学院文史学院汉语言文学专业2014级学生。

一条河流过身体

◇ 谢　榕

多年来，我身体里豢养着一条河
流过我身体最敏感的部位
向北、向西，再向南。不断更改命运线
我偶尔也能体验河水泛滥成灾的恓惶
在春天里分出众多支流
像四窜的逃徒。没有一条能重返故里
那条被父亲命名的河
至今还是一个秘密。
在我身体里不紧、不慢
也不会轻易露出马脚
打我从娘胎开始，就学会了波澜不惊。
如一枚躺在河岸的石子
沉默不语。舔舐与岁月的每一次交好
父亲晚年的酒里，河水平静如几十年前。
我学着他的样子，准备好一盘下酒菜
把所有世俗的肮脏与羞耻
灌进另一条匿名的河里

作者简介

谢榕，西北大学文学院中国古代文学专业硕士研究生。作品见《星星》《西北大学报》《中国诗词》《秦风》等报刊，作品《地铁上》收录在《陕西诗歌》“女诗人专号”，获2015邯郸大学生诗歌节征稿二等奖。

爷爷

◇ 王年军

时针在分叉，仿佛爷爷手中的篾片
放射成不可预知的斗笠或茶篓
他的牛眼睛把杏花映得澄明
死亡从来不是一件召唤
他缄默，厚嘴皮中除了阳光、草、牲口
从不吐出其他的事物
美丽的村庄，我只从他的年龄知道它的古老
山上的栗树、屋后的枣，还有庭前死掉的梧桐
都在他的记忆里扩展年轮
他带领陌生人的孩子
又把孩子的孩子背进山里
躲避瘟疫，给他们讲《十日谈》里的故事
年轻时他播种粮食
犁着地，年老时却没有攒下一粒果实
他的胃好得就像一件打磨光滑的锄具
然而他只能吞下发霉的肉、过剩的酸番茄和廉价的土豆
每天清晨起得像五点钟一样早
还不能承认自己是去拣点垃圾
（他的儿子会怪他不给面子）

他的身子已经萎缩
长得像垃圾桶一样高
必须把头欠进去
才能从中掏出痰、空瓶子和废纸屑
他的孙子有很多，一个上学
忙着给地震捐钱
和拯救人类的苦难
一个忙着娶老婆、办酒席
一个和爷爷同时牙疼，
——他是换上新的，爷爷是把旧的拔掉，再也安不起来
还有的孙子正在辍学、被骗、掉进水里和被抓进警察局……
他的儿子们也有的头发都白了
然而永远没钱给他养老
他是一个爷爷，我们甜蜜地叫唤他
看着他身上承受的水肿、水泥痂子和因泥土而黝黑的面颊
还有他那渐渐不支的肺和流动越来越慢的血管
他从来没有抱怨
我们看着他，就像平静地，看自己遥远的童年
他把存来的酸奶，一罐罐分给讨好的外孙
让他们长得比自己还重
他是一个爷爷，和我平分一碗酒
和我父亲平分一个女人
父亲和他在同一个工地干活，然而父亲从不搭理他
有一年夏天，我送去一捧亲手摘的樱桃

爷爷擦擦袖子，热心地接住
装进兜里，父亲却一把甩掉
还有我没考上好学校的那次，奶奶的遮掩
仿佛那是不能让爷爷知道的羞耻
一些来自早年的投影
让他的形象变成蛇的信子
然而他对我是亲密的
即使像是有疤纹的桃子
我们曾经相依为命
烤同一炉火，盖同一卷被子
摇同一把蒲扇，在下雨天一起去牧牛
并且听他给我指点野草的名字
然而他正在一年年老去
我除了无能为力，不能给他任何安慰
每年他生日的时候都要买很多的糖果送给我们
他总是自己去酒店打酒
他喝得越来越少，儿孙喝得越来越多
我从来没有看到他醉过
然而最近一次他醉了
仿佛心里结了太多的葡萄
山坡上他的地越来越贫瘠、越来越小
他的菜园快要没有了

作者简介

王年军，武汉大学文学院人文科学试验班学生。获 2015 邯郸大学生诗歌节征稿二等奖。

南方以南

◇ 龙晓芳

我在春末的闵大荒
捏一根电话线
问候久违的南方以南
父亲局促的安慰捉襟见肘
我的泪水如家乡清明的雨
本想轻盈一些，但
实在止不住自己的危险情绪
耳朵尖锐地疼
仿佛天空突然塌了一小块

是的，爷爷已经走了近八个年头
我也有两年没给他上坟了
“孩子，不要愧疚，
爷爷会很高兴你在上海念书”
而此刻，我内心哀伤
找不到人世的丰盈
我本该是一阵更自由的风
翻山越岭，来收藏这世间的温情

作者简介

龙晓芳，华东师范大学中文系汉语言文学专业 2012 级学生。获 2015 邯郸大学生诗歌节征稿三等奖。

我送你走，你不要孤独

——送给在天堂的你

◇ 苏丹丹

你走了，我哭了。
你在午夜离开，我在等录取结果。
未见，是永别。
电话里妈妈平静地说，
姐姐在哭泣，我也在。

我在车上，满脸放肆着泪水。
擦了有，有了擦，怎么这么多？
我在心里呢喃，
你还在，真的还在。

下车，沿着熟悉的路走去，
脚步沉重，放慢速度。
可是，我依然第一眼看到了，
你的灵堂，那是你的新家吗？
你的照片放在最前边。

久跪在堂前，

一遍又一边地呼喊。

想象着你在时候的样子，

那一刻，

变得那么遥远，不可触摸。

震耳的雷声惊扰了你的梦吗？

多害怕会吓醒你。

雷声那么大，你冷吗？

照片里的你在微笑，

我却泪如雨下。

烧掉你的一切，

回来，入土为安。

新起的坟是你的家，

灵魂在此安息。

我送你走，你不要孤独。

作者简介

苏丹丹，邯郸学院文史学院汉语言文学专业 2014 级学生。

母亲的诗

◇周　妮

她说了很多话
有些话重复了很多遍
在时间的缝隙里
只有树梢的风一直在吹

她做了很多事
很多事都很幼稚
在时间的长河里
门前的柳树绿了又绿

她变得沉默
想听你说话
你一言不发
沉默变得更沉默

渐渐地
她坐在藤椅上
窗子成了她与外界唯一的交流
不吃饭，也不说话

你说，妈

可是

尽是回声

作者简介

周妮，笔名，桂树开花桥边流水，淮阴师范学院外国语学院日语专业 2013 级学生。获 2015 邯郸大学生诗歌节征稿优秀奖。

我和父亲

◇ 李文琪

黄昏下起大雨
一截截鲜藕插在腐朽的土壤

我打着红伞
来另一个世界
练习谋生

阳光每天每天照耀
年轻而又有肉感的身体
想得最多的
莫非那个荒唐的太阳

你说　当年
犯上作乱的念头潜伏已久
我闯的祸太多太多
你走得疲惫许多许多

那时
根本不懂你为何朝我走来

一句话未说

我就看到了你的眼睛

你的手按住我的手

哆嗦着

纹络对接

然后

十指相扣

手上的茧硌疼了我

没有设防的心

最容易浸染

也最容易留下甜蜜和伤口

你的黑发

无端脱轨　轰然消逝

难以捉摸　无动于衷

黄叶

性感地邀约　诱惑地裸露

我秘而不宣地确认

浓缩成为胃里

一团燃烧的棉絮

不用永远童贞的少女
被雨洗得情窦初开
将来
我也会买得起卡地亚腕表
也会有一个男人爱着
现在
爱着我的男人是你

未来　有一天
你要出远门
我用氧化物和等价交换物阻挡
失败

久等你不归
我误入丑陋的诗行

后来
永远如期而至
我开始默认
自己已死去多年

路总是被别的路
挑逗　勾引　失贞
我捏着氧气

差点失去控制

不像蒙了雾的银锭
你会摸到
被时光淘汰的
发霉发皱的皮肤
和被梦想谋杀了的热情

温柔而深不可测的暮色
埋下过走了许多小路的友人
我浑身剧痛着

以后
也会有人来祭奠我
但
你看不到我
需要你救的信号

作者简介

李文琪，淮南师范学院教育学院汉语言文学专业 2014 级学生。获 2015 邯郸大学生诗歌节征稿优秀奖。

父亲的白衬衫

◇ 张翠云

有点瘦了，小了
衣襟的上方还有一个烟头大的洞
有点泛黄了
不贴身了
扣子旁边还有一块油漆的痕迹
笑的时候还是帅帅的样子
只是额头上被岁月割了几条纹路
头发原来的黑已经剩下寥寥无几
一嘴稀疏的牙齿也开始松动
这是父亲
一个手夹烟卷的男人
为一个家奋斗了一辈子
我想我还在爱他
我爱他白衬衫上一个补丁
那是他和妈妈的爱情
我爱他指缝里的泥土
那是他为了我拼命劳作的结果
父亲老了
再也不是小时候抚摸我

坐在床头讲故事的爸爸

父亲老了

再也不会有那件白衬衫时的年轻

也讲不出他和妈妈的那些曾经

父亲的白衬衫在家门前的

小河旁槐树下挂着

在冷冽的寒风里飘着

我看见了父亲年轻的样子

我看见父亲一步步变老的样子

我看着父亲的白衬衫

眼睛里进来一颗沙

作者简介

张翠云，邯郸职业技术学院文法系新闻专业 2013 级学生。获 2015 邯郸大学生诗歌节征稿优秀奖。

某个早晨

◇ 米吉相

某个早晨，风转了
方向。母亲说，“不习惯”
老槐树枝丫上的鸟，枝头
争宠的藤萝花相约散去

守卫山冈的松树，在
某个早晨老去。松针滑落的声音
叩响一个新生的季节
某个早晨，北返的鸟
收拾好了行装
母亲说，“不习惯”，此刻
她的儿女们，也将奔赴
一个所谓逐梦的地方
两行薄泪，沾湿了青衫

父亲的镰刀，割刈着一个季节
玉米、豆子，还有
老牛的口粮，不说一句话
父亲也不说一句话

只是他烟斗里喷出的烟雾
聚了又散

某个早晨，柏油路
卡住了汽车的轮子，铁轨
扣进列车的血肉
空气停滞呼吸，母亲说
“不习惯”。车站口，父亲
刮了一下鼻梁，转身
在攒动的人群里越走越远

作者简介

米吉相，昭通学院中文系汉语言文学专业 2013 级学生。获 2015 邯郸大学生诗歌节征稿二等奖。

对她说

◇ 林国鹏

怎么说才合适
对一个不善言语的农家妇女
被她藏在体内的呼吸、心酸、目光、梦
本身就是一些秘密
她坐在灶炉旁边
在黑暗中亮了起来
把一年又一年的往事投入灶坑
锅头里的紫番薯和大米
已经煮烂了全部的喜悦和悲伤
我看见那张熟悉的面孔
有太多的擦痕，那双抱过我的手
每一条皱纹都那么肥厚
从她体内脱身二十几年了
已经厌倦了很多事情
比如面对她，我不知道
应该是坦然还是愧疚

作者简介

林国鹏，广东松山职业技术学院计算机系学生。作品见《星星》《作品》《诗歌月刊》《延河》《山东文学》《中西诗歌》《佛山文艺》等，入选《2013 年诗歌年鉴》《华语诗歌年鉴》《当代诗歌》《中国新派诗人档案》《天津诗人（中国“90 后”诗人大展)》等选本，多次获奖。

奶奶

◇ 蒋 骁

我不曾与你谈起那金黄的麦田
低下头时，我看见的是
瓷碗里乳膏般的贡给

盛夏，坐在淡米色的桥栏上
远方，夜掩住的是洁白的云彩
幕布上，挑起的却是星点橙光

别了奶奶，在离你的第六个年头
你走时的那间房，如今
堆叠起那男人养家糊口的货色
而我，当年那个懵懂不知的少年
在每一个这样的深夜，企望
触及你的指尖，牵手越过
月光下那片金黄的麦田

作者简介

蒋骁，上海工程技术大学材料工程学院材料成型及其控制工程专业 2013 级学生。获 2015 邯郸大学生诗歌节征稿优秀奖。

有一句话

◇ 彭星星

我爱爸爸妈妈
当我还是个孩子
我从没有说出口
我爱他和她

有一个金黄的季节
我在田边的坎上坐着
他们弯着腰
镰刀轻快地飞舞着
穿梭在自家地里的金色里
一捆又一捆的小麦
摞在地头，像座小山
显示着生命最后的荣耀

在生命的荣耀下
太阳让出了一丁点儿领地
爸爸妈妈此时
就在那丁点儿的领地里
喝着水

我一定要好好读书，我心想
其实我没有看到
眼角的皱纹，还有白发
只是觉得
他们一定很辛苦

我爱爸爸妈妈
当我不再是个孩子
已清楚地看到
皱纹跟白发
在头上、脸上
遍地开花
有一句话我要大声说出口
我爱爸爸妈妈

作者简介

彭星星，西安建筑科技大学材料与矿资学院矿物资源工程专业学生。

爱未走远

◇ 宁小桢

我曾向你许下未来
用热情将生命去浇灌
于是　秋叶飘零的刹那
我独自踏上漫漫征途

我在等待冬季的到来
冷风冻结灵魂深处的悲哀
眼泪便不再掉下来
漫天白雪飞舞着灿烂

但愿我这一生
像勇敢的海燕
乘着海风抵达花开的彼岸
还有阳光温暖着金色的沙滩

天空中零星飘着雨
敲打着疲惫不堪的身躯
想起你慈爱的目光
依然盼望着我旅行的归期

相信终有一天
我回到你身边
你会看到一个全新的我
微笑着站在你面前

告诉我什么是永远
日出日落永不疲倦
回首发觉　你的爱盛开在心间
珍藏一生从未走远

作者简介

宁小桢，山东建筑大学建筑城规学院建筑学专业 2013 级学生。

青麦

◇ 逯广凯

我与麦子一样高
在绿与绿之间穿梭
奔跑着的是儿时的稚弱
凝想
黄土的乳房
干瘪的三月青麦
在一亩三分地轮回着
沁绿了麦子的性命，血脉和语言
拔节，扬花，抽穗
目光最后聚焦那把磨了千百遍的镰刀
一元钱一斤的麦子
饱满了家人的肚皮，淹没乡村的炊烟
印花的土碗捧起了旧时的味道
揉碎，烤熟，嗅香
放在空空的舌苔
麦芒却留在了口腔
情感仓库里
麦影充斥着神经
青色的回忆葬在麦田中凸起的坟丘

想再次把你唤起，

在这片你劳作过的土地

我想知道你的消息

一个熟悉的声音飘过耳际

青麦，青麦

奶奶啊

您呼唤的竟是父亲的名字

作者简介

逄广凯，周口师范学院文学院汉语言文学专业 2013 级学生。

故乡的母亲

◇ 王宁宁

母亲的针线一起针
故乡的一切就都被串了起来
按照时令
缝在我的白天和黑夜里

母亲的白发，成了我前路的月光白
母亲的皱纹，成了我归乡的日历牌
而母亲的目光，一经岁月沾染
便成了我永远读不完的，家书

作者简介

王宁宁，河北师范大学汇华学院学前教育专业 2013 级学生。获 2015 邯郸大学生诗歌节征稿优秀奖。

原谅我现在才明白我爱你

◇ 曾宝锋

悄悄地，你走了
是那么安详，是那么宁静
窗外，太阳依旧升起
山川依旧美丽
门前的小溪依旧流淌着
鱼儿依旧游来游去
地球没有因为你停止转动
天空没有因为你失去色彩
树木没有因为你不再生长
鸟儿没有因为你放弃歌唱
没有人愿意报道你的逝去
因为你只是一个平凡的生命
你没有显赫的身份
你没有无穷的富贵
你没有敏捷的才思
你也没有高超的技艺
你有的，只是一双停不住的长满老茧的双手
在山上，在田边，在地里
干着又苦又累又脏的活维持生计

你终于走了
抛开一切走了
没有留下什么就走了
不会有人给你建香火庙
也不会有人给你写纪念文
在这个浩瀚无边的世界里
你只是一个匆匆的过客
改变不了历史，创造不了奇迹
甚至，再过几十年，已经不会再有人记得你
你只是一个卑微的生命
好像名流们都在嘲笑你
你没有接受过教育，你也不懂学习
你的无知早已注定了你现在的结局
那就是，默默地凄凉地
死去
你穷尽了你一辈子的时间
只是造就了儿孙们在你堂前短暂地聚集
还有
在那无尽的漆黑的死寂的深夜里
偶尔的几声啜泣
以及愚钝的无知的罪恶的我脑海里如今的云涌风起
原来我是如此思念平凡的你
清明不远
我就可以提前吟诵

桃花酒，杏花村

狠狠地醉我，再打醒马匹

摸清人间四月的脉搏

扯下蒙面的纱巾

我不能自已，不愿自已，

不可以已

作者简介

曾宝锋，四川大学物理科学与技术学院物理学专业2014级学生。

第三部分

我们到底在不舍什么

我们到底在不舍什么

◇ 张　驰

再也听不见的汽笛声
和着眼泪
融化在故乡的泥土里
给春风一朵姹紫嫣红的盛开
给夏蝉一扇硕大而翠绿的叶子
给秋叶一片蓝色飘着白云的天空
给冬雪一条温暖的河流

但是什么也给不了你啊
那远离故乡的孩子

像上次一样
整齐地码好行李
在天亮以前
再睡一次故乡的床
然后
饿着肚子上路
把老母亲的那顿早餐
留在饥肠辘辘的

归乡的夜晚

我们到底在不舍什么
突然就放下了所有的争吵
不用石头剪刀布也能刷干净的碗筷
不用绞尽脑汁编出一个不回家的理由

我们到底在不舍什么
你们看着我
我也看着你们
我们突然间就别过了头
谁也没有开口

晚安
在天亮之前
不说再见

作者简介

张驰，邯郸学院文史学院汉语言文学专业2013级学生。作品见《九月》等刊物，并被收入《五月的幸福——邯郸大学生诗歌节作品精选（2014）》，获2014邯郸大学生诗歌节征稿一等奖、2015邯郸大学生诗歌节征稿二等奖。

在苹果树下与老农的对话

◇ 卢文韬

天色渐朗，麻雀聒噪却带着绿荫的清脆
在一株跳出庭院的苹果树下
他和行游的我谈起收成。在播种前
不会有人支付订金，恰逢那时
引起树林摆动的清风已经停歇。
在起风之前，他们的存在被定义为乌有

一口干面包噎住了所有的隐喻，我看着他
沟壑与裂谷间，一头衰老的猛虎在踱步。
质疑来自弯曲的土地
——这可不是一件简单的活计
肥积得最多的地方我用脚踏踏就晓得❶
诞生时，它们甚至学不会啼哭。
而就着冷饮❷，我能听到体内河流生长的
窸窣声。或许是风景于心，深埋后的萌芽
那时候我眼前的句子下

---

❶ 闽南方言。

❷ “凉爽的房间里，大理石桌上有冷饮/贫穷而听着风声也是好的”——罗伯特·勃莱《反对英国人之诗》。

不时有人影闪动——这锄头上还有父亲的标记
是坚实有力的马蹄远逝后的余韵

一个烈日的午后，他在垄上站成雕塑
坎坷的土路，芜杂的草丛
纷纷向他涌来。而手里的锄头
早已弓成力的形状
除了面前这块平整的土地——在那里
穿透万物的阳光许下她不为人知的诺言
词语中的我陡然竖立，在周围
那些风景，人事，思想四处蔓延
我挥动着沉重的锄头，在枯枝败叶间
翻出一粒粒陡变的种子
后又种下。身旁，花瓣无端落下
轨迹衬出远方的雨云

作者简介

卢文韬，安徽师范大学花津校区文学院汉语言文学专业2014级学生。获2015邯郸大学生诗歌节征稿一等奖。

渔港的灯火（组诗五首选一）

◇ 张文倩

（一）渔港的码头

出行回来的人们，累了，都朝你走去
船儿也向你那个方向比赛游泳
可你也有点倦意了
无心看群船在夕阳收工后沿直线奔驰
你总喜欢
在啤酒瓶一样的大海上
像冰块那样被动地起伏

每一只船都与你心照不宣
这你知道
泡完澡后，它们挨个过去牵你的手
这让你快活
可它们不知道，你有时在夜里梦游
陪整个海一起消遣寂寞

作者简介

张文倩，北京电影学院电影学系戏剧影视文学专业（电影电视媒体理论方向）学生。曾获第七届首都高校原创诗歌大赛优秀奖、第三十二届全国大学生樱花诗歌邀请赛三等奖、2015 邯郸大学生诗歌节征稿二等奖。

胭脂河的歌

◇ 李梦瑶

这里没有北方的雪花
也没有
一弯月牙僵硬的尾巴
昏鸦还在时间的对岸沉睡
燃一片火把，把家乡养在温热的余韵
不去想念天空、大雁、院子
和屋檐上的冰凌
只把胭脂河的歌声收进记忆

一只孤雁独飞的姿势，如我逃遁小城的脚步
镜中异乡陌生的风景，沉淀
再沉淀
雪花纷飞的旧城飘远，被年少者的脚印覆盖
歌唱着的胭脂河，也慢慢干涸
枯败的空气里，一条河流正在远去

远去的还有母亲、父亲
河边日日张望南方的少女，被时间灼伤了
所有的疼痛，裹紧

再裹紧

却始终不能逃脱，北方的灯盏

胭脂河沙哑了声音，不再唱歌

颠簸的杨柳浮不出往日的春色

只有纸笺上的花朵，眨着眼

望向那比黑夜更漫长的河流

作者简介

李梦瑶，上海大学文学院历史系 2012 级专门史硕士研究生。获 2015 邯郸大学生诗歌节征稿优秀奖。

我的江南水乡

◇ 何昊城

我总想奔向远方
渴求那些我无法触及的愿想
直到我身处他乡
期盼沦为哀伤
谱写在父母悄悄起皱的脸庞
我曾拥有梦一样的江南水乡
流水淌过渡河人的脚踝
鲜花环绕穿行者的衣裳
如今我在远方
一梦一江南
我曾拥有最真实的江南水乡
日出日落，白云摇晃
依稀映照于我童年的笑脸
如今我在远方
梦醒忆江南
或许我应该相信
我的每一次远航
都会染白江南的发梢
我的每一次思念

都会迷离水乡的目光

作者简介

何昊城，长沙学院生物与环境工程系生物制药专业2012级学生。获2015邯郸大学生诗歌节征稿优秀奖。

瓦

◇周　姣

那双小皮鞋已不再合脚
岁月耕耘过的泥土
覆盖了年幼踏过的青草
老屋只是越来越苍老

干燥的瓦，潮湿的瓦
躺在屋顶的，落入废墟的
经年累月地瘫痪着
披戴风霜雨露的，都是瓦

猫曾跃过，为一只鸟的停落
瓦，只凝视着炊烟的寂寞
暮色四合的时候欢欣了柴火
铁壶的胸膛里沸水痴念一条河

落霞的瓦，覆雪的瓦
水墨晕染的，轻描淡写的
脊背疼痛而微拱着
夜夜梦中呢喃的，都是瓦

作者简介

周姣，广州大学人文学院汉语国际教育专业 2014 级学生。获 2015 邯郸大学生诗歌节征稿优秀奖。

不会忘记的地方（组诗四首选三）

◇段　斌

（一）在乡下的那个夜晚

稻草人笔直地站立
在一望无际只有土的麦地
看着天上的星
被电线串成一串
直到重得把电线压断

星星一颗一颗掉下来
稻草人一直伸手，却不见一个
原来全部掉到了旁边的一口老井
上面的人看不见了井底的蛙
待发现时已打坐成千年莲花

村庄的那头传来一声狗吠
村庄的这面却无人应答

（二）在家乡思念家乡

在外面待得时间久了
就好像离弦的箭，无法回来
在家里待得时间久了
就好像百年的大树，扎根很深

趁着自己还在家乡
急忙写出一封信
贴上邮票
地址，家乡

乡愁啊，是心里的黄河水
我在哪里，便流到哪里
乡愁是一杯浓浓的烈酒
永远都喝不够

（三）我童年生活过的地方

这令我惊奇
又让我理解

我来到我童年生活过的地方

这里已经变成废墟
因为巷子老了

巷子老了
老在时间的烟尘里
巷子没了
在喧嚣的尘土中没了

蓝天有白云
飘过
白云走了
依旧是瓦蓝的天

多年了
树皮皲裂
枝干坚硬
石头上的苔藓已无踪迹

我无法表达此刻的心情
我童年生活过的地方
已变成破旧的片片瓦砾
瓦砾中埋藏的东西
现在都属于这个巷子了

我直到夜晚还在这巷子

夜晚的巷子

很静

月光照在这片废墟上

那么清淡，那么透彻

似儿时的梦

望天

片片灰色

星

只有几颗

缀着

风吹过

想起了许多

这许多我无法忘记

尤其是我童年生活过的地方

作者简介

段斌，渤海大学化学化工与食品科学学院食品科学与工程专业 2013 级学生。获 2015 邯郸大学生诗歌节征稿优秀奖。

村庄遥远（组诗六首选四）

◇ 葛小明

（一）耕种

小时候养不起牛，母亲就是牛
一手拉着犁头，一手握紧拳头
父亲扶犁很紧张，生怕日子歪了
父亲还得暗暗往前推着，用全力
怕土太硬，怕母亲撑不到最后
我在新翻的土里撒上种子，埋下收成
有时他们走远了，我就小步跟上
也不能大意，多了少了都会歉收
有时母亲累了，回头看一看父亲
父亲停下来，回头看一看我
那一刻，我突然也很紧张

（二）谷子地

麻雀又来偷食，谷子秆扎的草人不能当真

在段家庄，只有粮食和乳汁可以当真
母亲说，都是母亲，别伤它，吓走就好
我便站在谷子中间驱赶麻雀
一会儿唱支童谣，一会儿吹个口哨
一会儿把手举过头顶，老高老高
麻雀识破了我，折个弯又飞回来了
我突然想起夏夜里那些飞来飞去的星星
只要母亲抱着我，星星就不会从院子上空消失
母亲说，算了，谁没过过苦日子呢

（三）去杜家沟上学

要翻两座山，从八岁到十三岁
那时候上学父母不接送
地里忙，地里的父母一生都忙
炒个鸡蛋卷个煎饼，就是午餐
有时油从煎饼里渗了出来，满书包都是
母亲就趁着夜色洗书包，一洗一辈子
赶上天气不好，母亲下不了床
我就提着个破塑料袋去上学
油会从塑料袋渗进我的童年
不用管了，油的丑的，都是一天
去杜家沟上学，从早上六点走到八点
有时遇上大雪，就得点着月亮赶路

我和妹妹带着早餐午餐走进雪里
一个鸡蛋，两张煎饼
有时我走在前面，走几步回头看看妹妹
有时妹妹走在前面，走几步回头看看我

（四）村庄遥远

就这样了
村里的人越来越少
四面是山倒不缺什么
自己种的菜也没有公害
鸡鸭鹅只吃粮食蔬菜，健康的很
没有工厂，没有雾霾，没有人留下来
从我记事起，母亲就赶我走
找个媳妇，找份工作，别回来
好像真的是这样，哥哥去了城里，姐姐嫁到了外乡
村口的老榆树因无人修剪，越长越疯狂
一不留神，就会堵住进村的道路
砍不动了，人有时比树脆弱
我没有辜负母亲，只带着姓氏离开了村庄
再没看过乡下的土路，没吃过家里的煎饼卷大葱
我只看到红绿灯不停地转换，听到上下班的铃声响了又响
就像我的人生又是撇又是捺，蚂蚁一样，没了表情
有时偶尔难过，都是因为那遥不可及的故乡

作者简介

葛小明，山东济宁学院中文系汉语言文学专业2013级学生。诗歌被收入《五月的幸福——邯郸大学生诗歌节作品精选（2014）》，获2014邯郸大学生诗歌节征稿二等奖、2015邯郸大学生诗歌节征稿优秀奖。

学院之路

◇ 马小贵

学院的小路满是晚风
在一道橘色灯光的尽头
是一个未用语言填充的空间
她驻足，仰首，在星光斑斓里
寻觅童年故事的回溯
如沿旋梯缓缓而上，那里
月亮正酝酿着一瓶金色啤酒

南方小镇的街巷缠绕
像线团一样，青石板印刻着
迟钝抒情的节奏。墙角的猫
在觊觎新鲜的鲟鱼子、椰子汁
她双手托着下巴，常常逃课瞭望
船只，石阶上铺满了滑溜溜的
海藻。就这样，她的长发为生活
塑造出了形态

积雨的云在钟摆摇晃中
拖延着睡眠。她的单身父亲

常年混迹于一种辉煌的命运
啤酒瓶的残骸舞蹈在篝火里
脚步声逼近，脚步声逼近
墙角的猫掉头钻进黑洞里
雨水冲刷着紫色骨头

她如何生出翅膀，像天使一样
与飞鱼和海鸟互诉秘密
如何在沿海地带勾缠纠斗
引发一场贸易的失衡，织布的
纹理变化，抽空了风帆的意义
唯有轮船上的火车
伙同着她萌发的身体北上

那是另一半的椰子
滚落在同样坚硬的泥土里
人间甬道，铁皮小屋，高脚支架
鳞片折射反光而只能草草补偿
她决心理解书本之中
一再提及的解构主义
直到某天池水之中
长出一枚蝴蝶瓦片

学院的小路满是晚风

在一道橘色灯光的尽头
我试图涉水渡河，穿越关口
但却怀疑能否带给她
一个大的圆顶帐篷，那里面
空中飞人正在荡秋千。旅行的
月亮则在棚顶轮流地休憩

作者简介

马小贵，本名马贵，中央民族大学文学与新闻传播学院 2014 级硕士研究生。获 2015 邯郸大学生诗歌节征稿三等奖。

小巷

◇ 林素真

四方街上
人影攒动
一声声啪啪的拍照声
定格下短暂的笑容
而在不远处的广场上
一群陌生的人观看着另一群陌生的面孔
人流像白云忽忽地飘过
分流到古城的各个巷道

小巷里少了些许的热闹
多了些宁静的淡然
小巷的拐角处
商家已经打烊关门
只留下几个调皮的孩子
在门口玩耍
说着本地的方言
听不懂他们的语言
但是我看得懂他们的笑声

古城斑驳的印记
石头垒成的城墙
已经被风雨打磨掉了棱角
被游人拂去了小巷的粗戾
一步步的石阶
一路爬上去
不禁气喘吁吁
延伸至高处的观景楼
矗立在高处傲视小巷
看到一个异国的背包客
手持相机
对着木府城楼啪啪定格

古城如一个沉睡的母亲
任由来自各方的游子
在她面前恣意妄为
一弯弯溪水滋养着一道道小巷
一道道小巷贯穿起了整个古城
小巷的岩壁上
书写着小巷历史的沧桑
数不尽的是一道道小巷
走不出的是滚滚历史
斜阳洒在小巷的深处
静美安好

作者简介

林素真，安徽大学新闻传播学院研究生院新闻传播学研究生。

再见，旧时光

◇ 王妍妍

院子的银杏树
那是外公童年的玩伴
燕子绕梁打探
停在枝头梳弄着翅膀
低矮的石板房
阳光流连在窗前
袅袅炊烟的方向
飘散着诱人的香

外公在溪头
看人影熙攘手上总拿着烟斗
吞云吐雾的模样
我跟着无数次模仿
村口谁在卖棉花糖
我翘首找寻那甘甜
斑驳的青石板裸露的沧桑
是谁踏过的足迹已深陷

童年的阳光

洒满了记忆的画廊
遥望那些过往
像镜头里的老照片泛黄
我依然记得外婆拄杖的模样
时光的脸悠悠地走远
银杏树下与外公嬉戏的女孩
还穿着外婆缝的花衣裳

作者简介

王妍妍，笔名安恬，吉林大学哲学社会学院社会工作专业2012级学生。

故乡

◇ 杨永昌

一

总是幻想，有一双白鹭的翅膀
能在天地间快意穿梭，自由徜徉
少些乡村的礼矩和客套的夸张
就可以把一条杜牧的石径路，刻画得水远山长

一次一次听到微微春风吹进柳絮飘飞的故乡江
一回一回梦见南山东篱的菊花旁傲立着陶县长
真的把脚印，拓在父老乡亲嘘寒问暖的热胸膛
回到一川乡土，又将我心鸟撩拨得青云直上

不自主听见我们故乡的蛙鸣和稻香
不自禁怀想陆游一次又一次旅居腊酒农乡
快乐，就令他忘却了沈园的东风恶和欢情薄
把酒升满青春，酌着缀满泥土的四季芬芳

二

孩提乡村的片段，均泡在茶壶的故乡
慢慢啜饮，慢慢品味苏轼赤壁红土的小乔和大江
提炼有关老家的记忆，融进酒杯
细细斟酌，细细品尝春江花月夜的宁适和欢畅
杜甫路过的朱门高楼，未必能把快乐建筑到一种高度
他心底的那个老家，才是无法割舍的快乐草堂
尽管夜夜秋风卷着他的九重茅草房

眯上眼，一幅幅乡村图画溢出芳香
陶令的《归园田居》耳畔吟唱
“带月荷锄归，道狭草木长”
入梦，一块块南山豆田
令我动感多情，躬耕月光

春天的嫩蕊，夏日的绿枝，
秋天的红叶，冬日的雪影
连同那些桃花人面，容颜沧桑
雕琢出一个个音符，沾满故乡土地的畅想
我回到故乡鼎盛时期的江山大唐

三

此时此刻，车马不喧，静品杜康
卧在老家门口的山坡上
看屋顶炊烟又起，听门外犬吠鸡鸣
灵魂安稳踏实，不会焦灼，不会迷茫

总是把老家的情怀，写成甲骨文
让给郭老游走于乐山大佛去考究老庄
我总会把快乐的向往，勾勒成动容的内心碰撞
人在天涯，就要把乡土歌曲一段一段唱红胸膛

思乡的快乐，就是李白床前的月光
快乐老家，就是走一程又一程的内心滚烫
城市的灯火，依然会落满两肩，映红眼眶
血脉中的老家，正是那——
唱不完的隐隐青山
吟不断的江山水长

作者简介

杨永昌，贵州师范大学白云校区求是学院文学与新闻传媒系汉语言文学专业2012级学生。

土房

◇ 王巧秀

冬暖夏凉的土房
奶奶这样告诉我
夏天的时候雨水顺着一块一块的瓦檐
温柔地跌进地上粘着小蚯蚓的水窝
冬天的时候爷爷用烟锅敲着温热的火盆
土房外的雪花跟着烟锅声一下一下地跳舞
你家的猪头　他家的热酒
生活里经常有这样的淳厚逗留
长幼尊卑　序序有头
后来　砖瓦高楼绰绰影姿
你家的老鼠　他家的苍蝇
开始争喋不休
现在　土房一半成了忧愁　一半成了欢喜
愁的是回不去的失去　欢的是旧的换新
奶奶告诉我这些的时候
土房就成了故乡的读头

作者简介

王巧秀，笔名五墨，兰州城市学院教育学院思想政治教育专业 2012 级学生。

远行

◇ 康承佳

老狗时不时叫上一两声
村庄依旧睡得很安详
农夫赶着归家的牛
绕过麦地绕过新年的香
拖拉机喷着黑烟
哼哒哼哒
辗过坑坑洼洼的公路
影子被拉得
好长好长
白球鞋　运动衫
将要远行的青年
笑脸在晃动
汽车喇叭消失在暮色里
母亲在墙上沉默地笑
父亲到底没去送行
坐在老屋门前的石凳上
煮了一壶烧酒
苍老的手掌从额头往下

遮住了眼睛

作者简介

康承佳，中南大学文学院汉语言文学专业 2013 级学生。

我的情人，北方的四月

◇ 王小敏

倘若时间可以优雅老去
我也不必太匆匆
还没褪去我厚重的棉服
披上我代嫁的薄纱
我独自站在
刚迎走了败落的樱花大道上
没有漫山遍野的景致
没有浅唱低吟的承诺
我不想去强求
因为我知道没有看不厌的风景
正如我知道没有听不腻的承诺
我只想静静地等你，等你
料峭中的丝丝暖意是你给我的慰藉
也不枉我在刺骨中的苦苦等待
山脚下的朵朵小花是你送我的礼物
真不负我在凡世中的慢慢等待
我总是怪你相聚为何如此短暂
都还没来得及端详许久未见的脸庞
你总是笑着说

离别是爱的笙歌

今夜，我只想和你相互偎依

我的情人，北方的四月

作者简介

王小敏，中国海洋大学文学与新闻传播学院新闻专业 2014 级学生。

昨夜我梦到一座村庄

◇ 张晓科

昨夜我梦到一座村庄
孤零零地落在荒芜的北方
北方只剩下最后一座，村庄
像个年老体衰的农民模样
守望着土地和归人
村庄只剩下最后一个，农民
像个被遗弃荒野落寞的树桩
告别了天空和飞鸟
农民只剩下最后一片，土壤
像个等待出售的饥饿的棺材
埋葬了老人和孩子
春天没有风筝的村庄
风筝在记忆里永远地断线
土地不再有悬接天空的梦
夏天没有老槐树的村庄
老槐树在太阳底下被砍头
幼稚的年轮躺在了门窗和棺材板里
六月没有麦田的村庄
土地种不出太阳

田野没有坟包的村庄
厚重的土地关闭了轮回的门
填不进几具单薄的尸体
下雨天没有土路的村庄
泥土路穿上了盔甲
被轮胎咬得遍体鳞伤
夜晚没有争吵的村庄
被窝里没有男人跟女人
只剩老人和孩子
三十年前
出村的路只有一条
我就像笼里射出的翅膀
愤怒地扑向天空
三十年后
通往村庄的路多了
我却找不到一条回家的路
我更像过客而不是归人
铅色的目光
竟找不到落脚的地方
我就像天空中飞翔的小鸟
没有翅膀和双脚。
三十年了
我们被称为外地人
三十年了

我们自称为异乡人

我们都来自某个遥远的村庄

三百首诗，写不尽一个月亮

三十年，梦不回故乡

昨夜我梦到一座村庄

孤零零地落入荒芜的梦乡

作者简介

张晓科，燕山大学里仁学院文法系政治与行政专业 2012 级学生。获 2015 邯郸大学生诗歌节征稿优秀奖。

车站

◇ 张春晓

车轮与铁轨的无限契合
是想忘却忘不掉的割舍
漂泊人的气息在空中凝固
笼罩在众多早已锈迹斑斑的脚跟处
疲惫的身体不算安详
游离的思想无处安放
挣扎着远走他乡
对似是而非的明天抱着希望
熙熙攘攘
匆匆忙忙
所到之处是那样富丽堂皇
可没有一处叫家乡
暖人心房
就算这样
在那条叫漂泊的路上
依旧人来人往

作者简介

张春晓，邯郸学院文史学院汉语言文学专业2013级学生。获2015邯郸大学生诗歌节征稿三等奖。

雪花，落满了你的故乡

◇贾　飞

雪花，落满了你的故乡
你在城市的高楼
将浩瀚的星空仰望
一个又一个提着蛇皮口袋，背着大包
浑身肮脏的年轻人
从颓废的，喘着粗气的车站走出来
那眼神中的惊奇与向往
正如你当年的模样

雪花，落满了你的故乡
你将身体，寄存在狭小的地下室
这里住着
一个民工、两个乞丐、三个妓女
他们喝着廉价的酒水，吃着平常的米饭
只是时光悄然地切割了
他们的青春与梦想

雪花，落满了你的故乡
你看到一群孩子，闲逛在城市街头

他们的口袋，装着巧克力、面包或者其他东西
一对又一对搂着腰，头发光亮的成年人
那身上浓烈的香水味和酒味
却让你无比惆怅

雪花，落满了你的故乡
一个村庄在接近死亡，
一条河流也正在烂掉
可那年迈的老人——母亲
却仍倔强地站在村口
任沉重的泪水，浸湿脸庞

作者简介

贾飞，西南大学政治与公共管理学院在职研究生。中国作家协会会员，四川省青联常委，鲁迅文学院中青年作家班学员，东方出版社战略作家，成都文学院签约作家。在《青年文学》《四川文学》《美文》《青春》等50余家刊物发表文学作品300余篇，已出版长篇小说《天上人间》《中国式青春》《除了青春，一无所有》《蓉城之恋》等，2010年被美国《侨报》评为“中国十大‘80后’励志作家”之一，2014年3月获“首届腾讯书院文学奖”提名，2014年5月入围参评“第六届鲁迅文学奖”，2014年6月获“全国短篇小说大赛”一等奖。

草原，我的归宿

◇ 问志飞

清晨的风吹走黑夜的霾
草尖的露珠折射着每一缕阳光
显得那么晶莹剔透
我走出家门
深吸一口清新湿润的空气
迎接这新的一天

我清澈的眼眸映着蔚蓝的天空
及腰的蒿草挡住我前进的步伐
远处的羊群依稀可见
我纵身上马，向田间行进
农人淳朴的歌声从耳畔飘过
平静的心中倍感空灵

当一天的劳作结束
我独自坐在山丘上
看夕阳西下
体味这世间绝美的风景

闹钟响起，我从梦中醒来

看着楼下车来车往

思绪不禁又回到梦中

梦中那个养育我的草原

我心中的世外桃源

作者简介

问志飞，河北建筑工程学院土木工程学院土木工程专业2014级学生。

弧线

◇ 赖家辉

动车载着归乡的激动飞驰向前方
望着窗外倒退的风景
思绪在飘荡

老家房子是熟悉的
门口也是熟悉的
我自己有些陌生
脚步徘徊
怕惊醒这沉默的熟悉

终于
褪去了疲惫　换上了幸福的笑容
要用很长时间去这样做
好像岁月也能从身上脱落
迎接我的是
母亲开怀的笑脸
她是熟悉的、静默的，带着点黄昏的光
光是弧线
也正是这一熟悉的弧线

我站在了村庄

坚强、成熟、辽远

岁月和我，都是妈妈的庄稼

她的笑容里秋天来了

麦穗和我

温柔地弯了腰

我给自己足够的时间来记住这一弧线

镶进我的身体　不会丢失

如果某天有人问我　乡愁是什么

答　弧线　无与伦比的弧线

作者简介

赖家辉，广西师范大学漓江学院（雁山校区）中文系汉语言文学专业2013级学生。获2015邯郸大学生诗歌节征稿优秀奖。

川行手记（组诗八首选三）

◇罗 耀

（一）过西外长街

对准面前的夜，不偏不倚，想象
击穿密不透风的墙
他总喜欢猜测一盏灯火，斑马线
和那些疲倦而歇的公交
多日来，大街的两头总有相同的悖论
行走和静止，出发和到达，总以为
穿行于两站之间就是自由
——长街里，冷风扑面而来，他已肌体发烫
过程太短，还是太长？

（二）通川桥遇见诗人

是不是该返回大地，寻找你的刀子？
刀子性冷，却热拥于血，爱着红血与肉体
痴情于解剖和拼接，首当其冲的
是你脑子里蓝皮肤的豹子

它有时候蓝得像个月经不调的女人
伤口里哺乳着疼痛，像是词语托孤
灰暗而冷静。有时需要种植一些东西
除了刀子，还有幽深的病情，守寡的寂寞
或许还要养一些，过去的事情
是的，旷野无人，还要养一匹马
连呼吸声，都是玫瑰的香味

（三）锄草记

石头已经不再被称作石头
柴枝也濒临一个颤抖的春天
那些锄头碰撞一簇又一簇生命的同时
表达过欲望，或者在土中重温
或者翻新旧的秩序——

野草于云中来，风中破胎，土中生长
生长本就是一种占有和侥幸
如果说，放逐每一块石头，同时
执着于一束粮食，对每一方寸
都施以绝对的信任

不够完成的石头，锄头，粮食
畏惧八月而来的甘霖，草

即使不认真也将，漫不经心
重构出生长，死亡的一瞬
当一切静止的时候

作者简介

罗耀，四川文理学院文学与新闻学院汉语言文学专业2012级学生。作品见《延河》《中国诗歌》《中国文学》《中国中学生报》《特区文学》《泸州作家》《大巴山诗刊》等，并入选2013《华语诗歌年鉴》《中国诗人诗典》《中国纪实文学》等多种选本，系《中国中学生报》专栏作者。曾参加2014年《中国诗歌》“新发现”夏令营，创办并主编大学生刊物《回归》。获2015邯郸大学生诗歌节征稿二等奖。

第四部分

跟着黎明赶一次潮

城市

◇吴　猛

黑夜解开异乡人的腰带
对着灯下的影子小便

极力扭动出最好的图案
梦幻着这座城市的轮廓

北方的冬天像钢一样生硬
风得了感冒，咳个不停

语言像刚咀嚼过的馒头乏味
只是饿了，或者迷路了

高楼大厦是一块巨大的相框
人们的表情像是通通涂了一层蜡

来来往往的人群脚下穿着轨道
遇见熟人，礼貌沉默，谁愿意出轨

广场是一座城市的假肢

每一个座椅都是精心的修饰

避开漫长的黑夜
火车站是我在这座城市的最后一站

作者简介

吴猛，首都师范大学中国书法文化研究院 2014 级硕士研究生。获 2015 邯郸大学生诗歌节征稿二等奖。

光

◇ 彭朝晖

有人在十月的窗口练习钢琴
河流在空中，风在空中。

巴西木底部的两片叶子
仿佛夏天，专一死亡。

作者简介

彭朝晖，邯郸学院文史学院汉语言文学专业 2013 级学生。获 2015 邯郸大学生诗歌节征稿三等奖。

所有的夜晚

◇ 李一城

（一）

镂刻的三月，提前收割茂盛的冬眠。新的
季节从烟柳的尾声中洇开，拢住扉页的夜空

一只苏醒的蛾子，刷新以疼痛蔽体的年龄
灰色的口音，嗅到岁月尘封的酒坛，倒出古往今来丰盛的
孤单。醒目的总和——多过家蝇鳞次栉比的复眼

（二）

即将通过食道安检的方便面，与难民的寄生
狭路相逢。消灭饥荒的起义，冲刷胃壁泥泞的山路
羊肠小道，驻扎鱼刺繁殖的兵粮。丰腴的食谱
骑上盛世冷色调的封皮，捏碎米粒大的肉色

堆砌铁锈的味觉，如同夜晚雕塑的断代史，悬崖团结着死亡

（三）

准时换岗，五点吐出乡音包裹的暗号
钟面在涨潮。嶙峋的梦境，捡拾词典遗漏的
谶言充饥，而后退向缺乏主题的对岸

对接中断的呓语不合时宜
后退一步，启明星收藏的乐器，切换新曲

（四）

一只攥紧流浪命运的花猫，寻找自己
毛茸茸的影子。孤独仿佛丛生的鳞片，反刍着吉他声
推送的周末。纤细的尾巴，驮着眩晕的灯光
红色的心跳，沿着半径，却不见圆心

走廊从时间的曲面脱落，安静得犹如创世的黎明

（五）

明亮却虚幻的梯子：失去时针宠幸的青苔
碎成半空中黯淡的果肉，多汁的香气
搭乘血液中逆行的竹筏，回到生者的房间

容器吻合佝偻的梦呓，衰退的脸分泌混浊
的听力。穿越镜子里年幼的炎症，让日晷复生

（六）

在夜莺的嗓子里闪耀的光，走向沉睡者
起伏的鼾声。梦与狂言同源，喷出火烫的汉字

城市在减速：失重的石头，被囚于鹰的望远镜
脊柱上白热的生词，采摘沉船凿空的黎明

（七）

黑暗侵袭：寓言反复冲刷的赤道
汹涌着疲惫的夕照，和未通电的星座

钟表插上翅膀，捕捉晚风的回声。几张
塑料桌子，吃掉多余的目光，独享挤进人海的宁静

一只羞怯的狐狸，掏空潦草的脚印。四周的高墙
掩护幸存者临摹的钥匙。锁孔嵌进亡魂的肚脐

（八）

灿烂的三叶草，对峙柏油路面与杜鹃花香的暧昧

光的内部，勒紧厘米的瞭望。十进制大获全胜

施工现场：建筑师倾泻预言的缺口。被嚼碎的
混凝土，如倒翻的墓志铭，擦肩古旧的民谣与巫术

（九）

腥味的犬吠钻入低温，冻成黑色。冰冷是
手指触及星罗棋布的疑问，或者戳破泡沫状的句号

枕头卷起夜晚，棉絮扛着零摄氏度的真相
头颅选中的睡眠，从眼帘后瓦解

认领一道无解的方程，等号失效
减法如同剑法，削去生活溅起的冗余

答案与终点，都是不祥之物。而我就是
一块驳杂的合金，生锈的衣领不问锉刀的厚度

（十）

凌晨三点：屏幕里的球赛默读观众的掌声
发咸的嗓音带着海盐的狂野，穿上黑夜，走向睡衣

肺部的伸缩，犹如攻防演练。两只巨型的黑色铁鸟
从青铜时代衔来原始的静谧，结伴落在毛细血管的缝隙

（十一）

二十三点的身后，站着将要通宵的实验楼
矩形的玻璃窗，每天排练一场光的几何学晚宴：
一些在熄灭，一些偷食甘甜的酒精，耕耘灯芯

夜归的尘埃，给空旷的广场镀上后现代的星光
新鲜的飞虫坠入松弛的嫩绿，光顾留白的
合欢。疲乏的巢穴，仿佛等待呼吸降落的膈肌

月亮：从双曲线中剜出的弧形，流淌着古今中外的忧伤

（十二）

用笑声洗手。捞出温顺的神秘，通向一条
流火的河。夜，越深越冷，越要攥住咽喉维持体温

手指上哑剧，拧干耳聋的家谱，漏下一滴
血缘的秘密。剧本撕裂缺页，聆听陪葬蚁冢的
一帧原稿。无字：依托白色，寻觅历史

夜空，也空

作者简介

李一城，华中农业大学生命科学技术学院生物科学专业学生。获 2015 邯郸大学生诗歌节征稿三等奖。

夜行

◇江　琼

夜里一场瓢泼大雨
我的衣襟湿透，发梢流着雨线
包袱重了更多，拖着身体前行
每一步，踩响一次鞋里的水
我的胃在翻腾、缠绕、上涌
我弓着身子，呕出一颗红心
温热、湿润、跳动

天边的亮光，映着路的尽头
啊！黎明正在来临
听啊！那世纪敲响的钟声！
越来越近，越来越近……

作者简介

江琼，笔名夏雪，湖南大学中国语言文学学院汉语言文学专业学生。获 2015 邯郸大学生诗歌节征稿三等奖。

重来

◇ 吕玉玉

还想做个孩子

拥有快乐

充盈希望

于是

无声无息地退场

打包所有难过和悲伤

束之高阁

之后

轻描淡写

不疼不痛不痒

作者简介

吕玉玉，邯郸学院文史学院汉语言文学专业 2014 级学生。

突围（组诗七首选四）

◇ 王泽蕊

（一）心动

赶在黎明之前
捅破泛黄的窗户纸
抹净窗台上的灰尘
在炉中添满炭火
敞开木门
丢掉锁子和钥匙
我准备出趟远门

（二）生劫

通往天空的路上
布着十万重蜘蛛罗网
黑暗的角落里
暗藏阴谋、杀戮、陷阱
我是一只微不足道的飞虫
从不畏惧死亡

死了就死了

（三）赎难

龟肉被鬼神吃掉

龟甲在火中焚烧

贫瘠的土地干裂

天空中炸裂出恐怖丑陋的嘴脸

村里的老人死去

新儿降生

有人说那神秘的裂纹

是符文咒语

老人和孩子在黎明前

向东朝拜

（四）赴死

一个个头颅被斩断、滚落

肉体被肢解

横七竖八的腿和胳膊

痉挛抽搐

没有乞求，甚至没有呻吟

头高昂着临刑

怒血涌动的眼睛

直勾勾地瞪着新打磨的柴刀

那一刻打柴人的手颤抖了

一座森林

征服一把柴刀

作者简介

王泽蕊，河北工程大学土木工程学院城市地下空间工程专业学生。作品见《九月》等刊物，并被收入《五月的幸福——邯郸大学生诗歌节作品精选（2014）》，获2014邯郸大学生诗歌节征稿优秀奖、2015邯郸大学生诗歌节征稿三等奖。

梦一场

◇ 欧阳敏龙

一个人用孤独武装了生命
悲怆的抉择让雨
滴落，连同夏日的烦闷
一起滴落。这城市啊
雾霾弥漫了天穹

你穿着夏装出游，还摸到
朝霞。像抚摸稚嫩的
有质感的肌肤
外婆总说：这世道变了
再美的心也抵不上金钱的诱惑

那只是一个缩影
那只是冰山一角
但愿
梦一场空洞的独白

作者简介

欧阳敏龙，本名贾若杰，山西农业大学信息学院远景学院物流管理专业学生。获 2015 邯郸大学生诗歌节征稿三等奖。

跟着黎明赶一次潮

◇ 孙　念

在黄河口居住快三年了
依旧不熟悉这里的一切
仿佛落叶都没有姿势
只知道腐烂、重生
那些冰冻过的脸庞
还是一眼就能够被北风看穿
伸出袖子上的纹路
苇草一矮再矮生怕抢了我的风头

防护提上的海水，反复
咀嚼着生活的苦涩
一遍一遍都羞于夺眶的眼泪
都羞于眼泪的矜持
能够写出这份矜持该是多么幸运
比起海水，仿佛这份矜持
就是被咽下去的心事
在黄河口，如果每天跟着黎明赶一次潮
那么我们所谓的矜持又算得了什么

作者简介

孙念，本名孙利杰，山东师范大学文学院汉语言文学专业学生。作品见《山东文学》《时代文学》《中国诗歌》《散文诗》《中国诗词》《天津诗人》等，有诗集《坐在树上的叶子》《续札柒》出版，获山东作协“世纪金榜杯”文学征文一等奖、第九届齐文化中华诗歌奖、第四届（中国）校园双十佳诗歌奖、2015 邯郸大学生诗歌节征稿三等奖，入围第三届中国红高粱校园诗人奖。

写在路上

◇ 张萌萌

他们说谎，说我失去了月亮
东方的天穹里坠落星辰
而行走的人
成为
另一种罪恶的开始
他们留恋权术
在指掌刻画血液
开始搬弄是非
——在看见之后
他们看见
飞翔的光芒带着翅膀
蔓延着铜色的边角
于是忘记了伪装
野兽似的猖狂地笑着
而丢给我
火焰里最灼热的东西
——他们自以为的罪恶
我依靠着天空
微光

透过我紧闭着的

失去色彩的眼睑

灼烤着泪水

他们告诉我

将会得到原谅

一个降生在黑暗的灵魂

可谁听得见

我走来时候的呼喊

——给我一场朔月的风吧

让寒冷带着雪花

铺满我走来时的道路。

作者简介

张萌萌，邯郸学院文史学院汉语国际教育专业 2013 级学生。获 2015 邯郸大学生诗歌节征稿优秀奖。

樱花开了

◇ 陈雨吟

樱花开了，脚步慢了
一簇簇柔柔而来的粉靥
在早春三月妩媚嫣红
氲染了俗世无神的双眸
圣洁之生命气韵
在纷繁尘间打捞起混浊的灵魂
让心抵达春天

在你花香素雅的时刻
在你浅浅的呼吸声中
我来了
就这样
与你的眼神静静地邂逅
缕缕粉色在微风中悸动
悠然飘忽的那一抹娇羞定格
悄然成为你心中最美的过客

懵懂的少女　踩着春天的音符
翩跹起舞　轻盈而去

此刻的她　已找不到来时的路

作者简介

陈雨吟，浙江传媒学院播音与主持专业2012级学生。作品见《诗刊》《诗江南》《纯真年代》《2013年中国新诗排行榜》《2014年中国新诗排行榜》等，获2015邯郸大学生诗歌节征稿优秀奖。

爱风激荡的梦浪

◇孟 昌

我是微风中的一粒雾，
偶尔吻过情人脸庞。
缓缓爬上我心房……
千年之约携手风雨，
花草哭笑走四季：
燕奏响了春音；
阳映红了夏脸；
风吹乱了秋发；
雪包裹了冬身。
遥遥征程相濡以沫，
虫鱼舞梦情飞扬。
你我相逢在挥洒激情的青春，
我们深情凝望，
又坚定地望向远方。
在赛道上牵手奔跑，
洒汗泼梦，
带着信念一路向东！
猛然抬头，
看——

那爱风怀抱的梦浪是多么激昂!

作者简介

孟昌，河北大学基础医学院临床医学专业 2014 级学生。

成长

◇ 朱明月

就像纸船扔进海里，
不论左摇还是右晃，
都惊不起一丝波澜，
你不管如何，
成长面前都将选择唯一的死亡，
虽然历久弥长。

就像巨人跌入沼泽，
力气再大也只余下迷茫，
你不懂为什么？——
柔就非会克刚、克强。
留下老子的眷顾，
活着和水一样流淌。
幼仔虽然没有力量，
但牙一直在长，
我知道你在成长，
可就是难以接受，
失去的童年时光。

多怀念啊！
十年前追逐的阳光，
哪怕是为了流汗，
也笑得那么张扬。
我喜欢那样的面庞，
却忽视了光背后的时长。
还愿意去登山吗？
你摇摇头说“好高”。
当我从山上下来的时候，
只是笑着说真好。
我多想提醒你：当初，
最喜欢这个的是你。

渐渐成熟，比果子还要通透，
你在社会站住了脚，
丢了鞋子还忘了寻找。
就交给我吧，因为
你的成长我还舍不得打扰。
苦辣辛酸，
你都要尝尝，
我只希望能够，在里面
加一点点糖。
以纪念我们逝去的春天，
已来的成长。

作者简介

朱明月，邯郸学院文史学院 2013 级历史学专业学生。获 2015 邯郸大学生诗歌节征稿优秀奖。

绝境

◇ 王大鹏

行走在黑暗的深渊
大地在颤抖
当中裂出巨大的沟壑，够不到底
我用尽生命的力量在嘶吼
血顺着我的嘴唇一丝丝滑落
最后一点余力也要消失殆尽

我曾经渴望理想
我想用鲜红的血液浇灌
用饱含深情的目光凝视
想献出最富激情的青春
当急切的双眼遇上冰冷的铁墙
眼睛留给我的只有寒冷

作者简介

王大鹏，河北工程大学建筑学院艺术设计专业2012级学生。获2015邯郸大学生诗歌节征稿优秀奖。

夏天的诗

◇ 陈曼毓

易怒，是藏在已干枯的稻草中的火苗，
你的生气能熊起一尺火焰
你再不妥协
它也许会把希望自燃
而你漠视得像风吹过
你的冷静会把它的狂气吹散四方
那一个个不羁的少年
当以心平来中和情绪躁动时
怨念依旧残留在内
但多了一点治愈的可能

当风吹过夏天的街
我在拐弯处好似旋转木马
一个人在城市边缘走走停停
如何才学会安然
挤不进的围堤固守于心
出不去的藤蔓日日攀长
你说了当守候自己的城池时
夏天才不会气燥不安

我听了想起了自然守则

在四季轮回中挣扎成适者

作者简介

陈曼毓，韶关学院文学院汉语言文学（师范）专业2013级学生。获2015邯郸大学生诗歌节征稿优秀奖。

下一个梦想

◇ 郭小宁

打开窗，静静地聆听一朵花的绽放
低下头，彷徨的思绪却坚定了曙光
一颗赤子的真诚，花萼挫败的伤
欲哭无泪，被刺痛却依然坚持的殇

秋携带风这戏子，上演料峭的春寒
孱弱的魂灵随之附和、发颤
遥不可及的向往犹在眼前，梦魇
饱经风霜的世界模糊自己

水锈浊不了躯干的刚毅，迟迟不下的画笔
向往充盈，芬芳飘零
狼狈的灵魂打磨出亮泽
圣洁的花，赤诚向往

温度灼伤细滑的肌肤
嘶哑的喉咙本就无法歌唱，又怎能
歇斯底里，捶打边刺和棱角
修饰，我不均的坑洼

一束阳光，亮泽地
吐露花蕊，流着飘逸的芬芳
轻抚我下一个梦想

作者简介

郭小宁，邯郸学院文史学院汉语言文学专业 2014 级学生。

再不疯狂我们就老了

◇丁　荣

再不疯狂青春就荒了
荒到别无选择
荒到回忆的独奏，湿漉漉
再不疯狂我们就老了
老到小心翼翼
老到故事的结尾，悲戚戚

再不疯狂我们就老了
老到会无端回想那些背道而驰的芳华
比如，你在草长莺飞的季节里笑靥如花
而我这里却只剩下断桥残雪的寂寞忧伤

再不疯狂我们就老了
老到会声嘶力竭地去挽留那些遗失的美好
那一天，一切都黯然失色
于是——
你开始明白藏在心里的话并不是刻意在隐瞒
只是并不是所有的疼痛都能呐喊

再不疯狂我们就老了
老到会在时光的逆流中迷失最初的自己
那一天，一切都恍惚如昨
然而——
偌大的社会舞台上演绎着的残酷现实
让未来的航向渐渐偏离初衷

再不疯狂我们就老了
老到肩膀再也承担不起梦想的重量
那一天，一切都还未开始
可是——
这生活的战场上硝烟弥漫
让铸梦的身影渐行渐远

再不疯狂我们就老了
老到会把年少的执着当成一种痴狂
那一天，一切都似已结束
终究——
不会再去相信“维尼夫妇”的不老传说
不会再满大街寻找那些曾经狂热的海报照片

开始的开始，我们都是孩子
最后的最后，渴望变成天使
怀念的怀念，驻足渴望友情的年华

记忆的记忆，停在相信童话的年纪

只是，再不疯狂青春就荒了的我们，

该要飞往哪儿去?

再不疯狂就老了的我们，

该要如何走下去?

作者简介

丁荣，湖南城市学院商学院人力资源管理专业 2014 级学生。

聆听三月

◇ 裴嘉星

随着雪花的谢幕
在春雨没有出演之前
是沙尘的喧嚣在未雨绸缪
他们似乎对过去的那个冬季怀有仇恨
用浑身的体力毫无保留地卷走
曾经发生过的颜色、气味、寒冷和肮脏
沉淀后意味着洗净一切的怨恨
从此一切安静下来
当春雨到来的时刻
雨声是那样的清晰
这雨声
仿佛连接着昨夜的梦
淡淡地完成自言其说的梦的解析
沁人心脾

雨后的阳光
再一次被确立了领导位置
含笑之中充满了自信
因为他从来是一个温暖的信号

尽情燃烧不用考虑节制

三月的阳光会感到刺眼

他会烧破所有的乌云和阴霾

层层剥去人类厚重的衣服

唤醒层层的绿

驱动条条流水

召唤自然界所有的新生……

作者简介

裴嘉星，邯郸学院文史学院汉语国际教育专业 2014 级学生。获 2015 邯郸大学生诗歌节征稿优秀奖，获 2015 邯郸大学生诗歌节征稿优秀奖。

如果时光可以贮藏

◇ 王丽会

如果时光可以贮藏
点滴过往能够回放
实现梦回童年的愿望
怀念简单快乐的成长

如果时光可以贮藏
重游十八岁的天堂
一双尚未丰满的翅膀
也能撑起远大的理想
偶尔不知天高地厚年少轻狂
令人羡慕在有梦的日子徜徉

如果时光可以贮藏
看看爸妈年轻的模样
没有现在的辛苦沧桑
乌鸦反哺之情岂能忘

感谢匆匆时光带给我们变化成长
快乐美好未在记忆中埋葬

悲伤痛苦也如同云烟过往

珍惜今朝迎接明日新一轮的太阳

作者简介

王丽会，中国传媒大学汉语国际教育学院语言学及应用语言学 2013 级研究生。

马踏荒原

◇ 谢成玉

马踏荒原，岁月扬起了长鞭
生命没有轮回，记忆未曾中断
用最古老的碳素涂抹石灰岩：
要活着，在人间

马踏荒原，坚持心中的信念
策马扬鞭，告别可爱的家园
为了信念，家
——一个简单的字眼
从来都是港湾，也是羁绊

马踏荒原，向往有着尖锐目光的猎犬
向往迎着暴风雨前进的海燕
马踏荒原，相信在断崖的前沿
有奋起的浪花在飞溅

飞溅的浪花，打湿了孩子的笑脸
我却不再依偎于星星的灿烂
马踏荒原，要担起大山的肩

要撑起日月的手腕

马踏荒原，寒风拂面

让洁白的梦幻不再遥远

让血红的落枫苍老了容颜

马踏荒原，让辉煌锁定时间

作者简介

谢成玉，贵州财经大学数学与统计学院经济统计学专业学生。

鹦鹉的往事

◇ 饶　佳

为了吐出更清澈的发音
卷舌的鹦鹉需要像父亲那样把牙齿摆在香烟的后面
鹦鹉的耳背越来越厉害了　像垂在院落周围的几堵篱墙
我凑在他的耳边　必须不断加重每一个字词的发音
而十多年前　全然由鹦鹉教我说话
他的羽毛曾经还是春天的颜色
更年轻的鹦鹉会报出我家的电话号码
谈论当天广播里的新闻联播
来亲戚的时候　他则含蓄地梳理一番羽毛
抬起还未老花的眼睛
喉咙里蹦跃着欢快的俚语

我不相信鹦鹉会一天天哑默下去
舌头卷成枯萎的树叶　像空气中缺乏糖分的声母韵母
又继续在墙院中裂开　每次从他嘴前一冒出火光
我总会惆怅地想起一只鹦鹉的往事

作者简介

饶佳，笔名星芽，宁波城市职业技术学院装饰艺术设计专业学生。作品见《诗刊》《星星》《西湖》《江南诗》《西部》《中国诗歌》《诗参考》《海拔》《2014 自便诗年选》《2015 中国诗歌选》《中国当代诗人代表作名录》等刊物及选本。获第五届光华诗歌奖、第二届元诗歌奖、第四届中国校园双十佳诗歌奖、2015 邯郸大学生诗歌节征稿一等奖、第二届淬剑十大女诗人奖等，参加了第七届星星诗歌夏令营。

月光

◇秦　瑞

这月光入口即化。
从你光滑的面庞淌下来之后
就一寸寸爬上我的鼻子、眉毛、额头
最后染白了我的头发
它略过了很多
细节。墙角的阴影、静默的沙发
冰凉如水的大理石地板
还有茶几上，那一杯冷去多时的
残茶
而你，多年以后我那熟悉的陌生人
你的眼睛里，那一汪黑色的深湖
此时蓄满月光
向这个春深的夜晚慢慢溢出
成为挂在我左边眼角上的，那一滴将落未落的泪花
你喃喃的低语在多年以后重新开始涨潮
就像今夜温柔的东南风里，那纷纷扬扬扑面而来的樱花
一些时光此刻晶亮如玻璃弹珠，
在不经意中从记忆的旧裤袋里悄悄弹落
可是我弄丢了，那一双童年的手

……

无法避入更远的不毛之地
设定一个场景，也无法让帷幔落下
今夜，谁的温柔拂过
我僵硬的身体、你怅然的面颊
拂过许多年前那一模一样的春夜——
庭前四五声蛙鸣
池边一两树桐花

作者简介

秦瑞，邯郸学院文史学院历史学专业 2013 级学生。

第五部分

研磨过往

致石窟的佛

◇张　蕾

莲座上的菩萨
没有信徒送去鞋子
而你虔诚的研究者
锁你在深深的石窟里
栅栏不挡阳光

时光使你光滑如洗
历史赐予斑驳陆离
洞顶黑熏的诸神
俯瞰着
闪光灯的荣耀

关在暗处的普度
信仰沾染经年的热闹
已成为风景
正入红尘痴笑的镜头

阳光够得到的洞口
明晃晃地开着一株野花

听着佛无息无止的祷颂

和游人的失落

平常地

平常地开着

作者简介

张蕾，邯郸学院文史学院汉语言文学专业学生。诗歌被收入《五月的幸福——邯郸大学生诗歌节作品精选（2014）》，获2014邯郸大学生诗歌节征稿二等奖、2015邯郸大学生诗歌节征稿三等奖。

箴　言

◇ 王宏伟

（一）

潮湿的树木拼凑成潮湿的森林。
一个黑夜覆盖另一个黑夜。

门轴半夜启动。
“三更”是谁的小名，且被打更人多次唤起。

（二）

放弃警惕是夜里生物唯一的习惯。
借走波斯猫的眼睛交给清油灯光。
而反复被打磨的灯光需要照亮——
它走错的叫声不应当被门外的斑鸠斥责。
斥责是另一种猎奇。
木鱼不宜在停止呼吸前游荡在某片树林中。

（三）

伐木的人遇见盗墓的人。他们默不作声。

无论今晚天上挂的是伐木工具，还是汉朝张骞和西域女人偷情留下的信物——

弯形月牙刀和汉白玉。

谈论树的纹理和文物的历史谁都不擅长。

但伐木的人曾在树的上下打量——

这个树是一棵女树，我曾试图用斧子寻找她的性器官。

盗墓的人确实感到委屈。

因为他一直不明白：楼兰公主应当是黄色人种，而不是高加索的移民。

我见过汉白玉就夹在木乃伊的腋下。

罢了，罢了。

谈论女人我们也不擅长。

（四）

可是酒，酒——女儿红。

无论是唱着信天游的陕西人。

还是江边准备充当盗匪的山东人（有时候我们更愿意做老

师）。

我们在一个酒肆相遇啊。

我要蹲着唱歌。我要提着板斧喝酒。

我要戴着白羊肚子。

天啊，蓝啊！我啊，想妹妹啊！

我要一边划拳一边看女人的手臂。孔丘门人曰：

我们都是善良的。

（五）

在善良之夜。白天鹅笃信爱情，只有夜晚是交媾最美丽的时刻。

谁偷走燧火？在河的对面人类假寐。

妥当地讲述白天鹅的故事。两具裸体之间。

（六）

摇着木铎的人、打更的人、讲故事的人、

失眠的人、梦里打嗝放屁的人、夜里准备放火的人、

喝酒的人、说诗的人：

世界如斯安静。

并总结：

我们当和美丽的箴言一道

远离众多鸟类啄食食品的场所。

作者简介

王宏伟，笔名西哑，中国劳动关系学院文化传播学院汉语言文学专业2013级学生。获2015邯郸大学生诗歌节征稿一等奖。

待价水鸟

◇ 陈润攀

咯血的黄昏，看见乌篷船里渔民的枪
通红的太阳这阳痿的男人，一直低到水里
你是水鸟，怜惜被恐吓的我后返程
入夜，等待你的，唯有捕捉你的绳网

你的身子在发抖，听见死亡呼啸的声音
狡黠的小贩待价而沽，以生辰为由
沏一杯乌岽功夫茶水入喉，比肉体还滑顺
算盘上，冰冷的黑珠逢十进一

我不能责怪你啊，责怪你
为何你要贪恋一次毫无意义的飞翔
露水情缘，总比隔着银河相望要酣畅淋漓
狠狠地踹黑夜一脚，一个女性的愤怒

不能对纯粹的二氧化硅抱有侥幸心理
小贩的信仰，那镀金的天空
它从来不关心人类的痛苦和化蝶的倔强
我在水草遮掩的地方哀鸣，它置若罔闻

买下你吧，不管小贩开价多少

我愿用生命筑成的浮屠去等值你的自由

只是在这月亮爬上来的晚上

我的身份太过低廉

作者简介

陈润攀，暨南大学文学院 2013 级美学硕士研究生。获“阅读·悦读”广州市征文大赛一等奖、第五届全国高校征文大赛小说组三等奖、中外诗歌散文邀请赛三等奖、全球华语大学生短诗大赛三等奖、“馥郁人生”诗歌朗诵全国征文三等奖、2015 邯郸大学生诗歌节征稿一等奖等多个奖项。

遇见

◇艾　迪

我可能正走在街上　车水马龙
可我坐在家里发呆
想象着某人正在与某人的擦肩
或一面之缘　或此生缱绻
他们在另一条街上
安静地等　来自远方的人
远方不远　就在指尖
我轻轻一敲桌　就叩响了流年
不要不闻不问不言不语
你知道　你不知道
不久后　这个人　灿若星火
然后知道　相遇
不是偶然

作者简介

艾迪，邯郸学院文史学院汉语言文学专业 2014 级学生。获 2015 邯郸大学生诗歌节征稿二等奖。

乳名的由来

◇ 毛轶杰

他善于叙事，烟雾缭绕时讲一些互不相关的
轻松事，堆砌起十几分钟的纸碉楼

养育之恩不能忘，得记到二十岁以后
以防不测，和随时恭候的软骨头

这就像被丢弃的句子，或是一晚桔子酒店
他住过几次，条件不错，服务周到

窗口正对黄浦江。楼下有家沙县小吃，最大的连锁餐馆
主营饱腹，副营烟酒

事实便是如此。他不反驳，也不遮掩
去过几次那里，通常不久便会转移

作者简介

毛轶杰，东华大学理学院光电子技术科学专业 2012 级学生。获 2015 邯郸大学生诗歌节征稿二等奖。

山水之间

◇ 刘文西

画家们画山水，因为山水是公开的，
帝王们买画，因为山水是铁打的。

而真正的粮食也不是长在泥土里，
那些天生的智慧的果子，
有没有人摘都在万古闲愁地照耀。
它们成熟了，给予这个世界莫大的恩惠。

而我也不是商人或是农民，但我在忙于种植。
为山水的不动产添加心跳，
为她们的云雨造一个呼吸的肺部。
为重峦叠嶂的事物捂住冰雪遥远的体温。

山水之间，是混蒙的雾气或者还是山水。
在我的眼里，有这些就够了。山水之间有空旷的鸟鸣。

作者简介

刘文西，笔名闻人倾国，闽南师范大学文学院汉语言文学专业2012级学生。作品见《海峡诗人》《福建文学》《诗刊》《中国诗歌》等几十种刊物。获第五届复旦大学光华诗歌奖、徐志摩微诗歌大赛奖、2014和2015两届邯郸大学生诗歌节征稿二等奖等十几个诗歌奖项。诗作入选《新世纪诗选》《2014中国高校文学作品排行榜·诗歌卷》《五月的幸福——邯郸大学生诗歌节作品精选（2014）》等诗选本。出版诗集《纸里的火》《文明的男孩》等，现为《它山》文学期刊诗歌负责人。

夏天

◇ 连博康

我回忆到夏天
一个安静的遥远的夏天
安静的再没有什么
能阻挡震天的蝉鸣

偶尔一辆单车驶过窗子
披着轻纱戴着帽子的女人
单调的车轮转动的声音
带着她走过多年的回家的路
慢慢地走过这一生

阳光晒着　时光都慢了

调皮的孩子盯着西下的太阳
慢慢地　看不见了
夏天的晚上比白天热闹
从窗口看不到的人在喧嚣着
我只看到一位阿婆
摇着扇子却没说什么

老人微笑着　像月光一样安静着

孩子躺在老人的怀里

他说　婆婆　好安静啊

老人说　不　你听　月光在唱歌

作者简介

连博康，邯郸学院文史学院汉语言文学专业2013级学生。诗歌被收入《五月的幸福——邯郸大学生诗歌节作品精选(2014)》，获2015邯郸大学生诗歌节征稿三等奖。

见证

◇ 徐同欣

这阵风没有停
这是岸不是沉船
她没在海藻中
望柳树飘荡
星光在气泡上破裂
把叶片泛白
为何有石子击中了水面
宽广　却不被盛接
只看不见地下沉
没有路线
除了镜上的光　短暂游离
一切发生了吗　远方
当幽微的闪动
在一处再次弥合
一步向前　一步后退
已无法阻止
陷入泥沼前沉闷地翻滚
只曾不经意
也不漂着打旋

没有想过刻上
哪一年春天
她若不在
水花不曾飞溅
风在撩动
更替悬垂的无聊
轻浮与摇摆
又一回播撒一片
有什么　突然
没换上一口气
却见尘埃　石板　细草
一同伫立
一潮静谧
一秒钟　或许
可她在那里
所以见证了
惊悚的抗拒

作者简介

徐同欣，中国政法大学社会学院应用心理学专业学生。获 2015 邯郸大学生诗歌节征稿三等奖。

同福客

◇何　焜

把星空斫在案板，需要他收集足够多的枯枝
还有鸟粪，佐以分切成七瓣的情书，
深吸一口，能从泥土中嗅回原乡。这一切的意义
大于砂锅与炒锅的质感差异，大于月亮的背阴面。
嘟嘟冒泡中有时他分不清新旧交接，哪一刻
用筷尖足以犁开骨和肉，这世道又有几成熟？
食物的精致程度需要像工作一样维持，
“只要想，任何一个人都能学会摆盘技巧”。
再端上台面。这一张张脸，黯然静默，双手
置放于膝盖，等待滑过的夜车照亮话语。
如果可以，变成竹棚上那条风干的丝瓜也无妨。
他的自尊心曾胀得像面包孔隙那么大，现在
却被她捏实，变成又硬又小的一块，无法砸烂
玻璃橱窗。而一个人，走在 60 年前的灶披间，
烟气像雪白的墙面一样限制他。他真想
推倒煤球炉子，用火钳夹出一颗心，
那时候——他确信，它能够煮沸一壶水。

作者简介

何焜，复旦大学中文系 2014 级戏剧艺术硕士研究生。获 2015 邯郸大学生诗歌节征稿三等奖。

无人问津的世界

◇落　陌

无人问津的世界，它本就是无人问津的，

但是它又期望着有人可以过来嘘寒问暖一番，

或者如亲人朋友般的，或者自己去卑微地祈求。

孤独的内心，还不满足于现在，

它不但想有人关心，并且还想着拥有那华丽的开场，而不是自己卑微的战果，

内心啊内心，真的如它自己一般，祈求着无尽的祈求。

火热的内心，时常有些天马行空的幻想，幻想着自己每一次华丽的出场，

如鱼儿在海中般自由地吐出一串串优美的泡沫。

那宁静的泡沫，在鱼儿看来是如此的优美动人，

它是自己的杰作，期待着可以拥有惊天动地的效果，

使世界给它一个优美的出场。

它不知道，那泡泡在到达海面的一瞬间便消失不见，

没人注意到那里曾经消失过多少个鱼儿的梦，

没人知道，就像它从没存在过一样，但是它确实存在于鱼儿的内心，

却又没在世界留下任何痕迹。

没人知道，它只是茫茫大海中一条弱小的小鱼的那无人问津的

世界，

那世界绚烂多彩，鱼儿沉溺于这样的世界中，看不到身后的血盆大口。

泡泡依旧在缓缓上升，

一个又一个地上升，

一个又一个地破裂，

每一个都是一个期待着有人闯入的世界。

作者简介

落陌，本名史航沆，邯郸学院软件学院软件技术专业学生。获 2015 邯郸大学生诗歌节征稿三等奖。

孩子

◇汪 圆

在车上偶然间瞥到的孩子
包裹在白色的棉质布里
睫毛纤长，神情恬淡
蔚蓝的瞳孔，藏着文森特的星月夜

他是我见过最纯净的婴孩
毛发泛着淡淡的金黄
头顶的光晕一圈圈染开
不哭、不闹，不骄、不躁
对世界基本的探索也从睫毛的末梢掉下
不曾荡漾半分

他似有着对世故了然的姿态
从下到上，打量了所有怀抱原罪的人
睫毛轻眨，不曾表露半点厌恶
谄媚的、挤对的、嫉妒的、不怀好意的
种种人们，簇拥他
抚摸逗弄，手指脸颊
妄图讨好这纯净之源

他了然地闭上眼睛，入了睡眠
安详一如圣婴

他的不谙，从子宫剖离
顺了隧世，断了脐带
带着圣洁的光降临土地
众生百态落入他眼里
一摊秽物

他想必知道将面临怎样的世界
故而不激烈、不争夺
而这世界最终的结局

是终有一天婴孩
也会长大

作者简介

汪圆，浙江大学宁波理工学院艺术设计专业学生。获2015邯郸大学生诗歌节征稿三等奖。

生锈的致癌品

◇ 宋懋涵

右边太阳穴脆弱得一旦右手放上去就可以开拓一条隧道。
穿过脑浆，
到达左边太阳穴，
伸个懒腰。
再和左手握一握。
很明显，
右手变得大一些了。
我把这种肿胀称作
执行了不平凡任务之后的自我膨胀感。
于是大家都强烈要求听完剩下的三分之二摇篮曲。

转过头去。
门都被搅烂了。
为自己臆想出这个十足的悲剧而自豪，
被突如其来的猛烈自豪感逗乐。

但这种血腥的话题就去厨房讨论吧，
嘴巴不停开合，
直到水管生锈，

直到火焰猝死。

来来来，不如
大家都当弄潮儿，
战袍是最脏的裤子，
我们去嘲弄明天。
人类是花儿，
明天是我们的。

但你坚决地说“不”！

那我只好跟你讲一个故事。
今天我见到一个滑腻腻的小家伙，
我问它叫什么名字，
它说：“不！我觉得你的脸没洗干净。”
我说我们先不讨论我的面具新旧问题，
我想知道你的名字或者你从哪儿来。
它说：“不！花不该插在桌子缝里。”
我说那好吧，我不问你的私人问题，我们只是聊聊，
我觉得世界会好起来的。
它激动地说：“不！世界会好起来的。”
我说对啊马戏团正在萎缩。
它说：“不！马戏团正在萎缩。”

故事讲完。
我将会说，
你曾经是多么饱满多汁。
而如今你的干瘪令我丧失啃下去的勇气。
是什么在吞噬在扭曲你呢。

不如我们来喝些胶水吧。
把内脏都黏起来。

事到如今我们还是太孱弱。
我们该去非洲的灵药市场，
瓜分白人女性的乳房。
揭下假面具充盈的假面具。
想象一张床单，
把一个个大小不一的球丢上去，
才能轻松理解空间是如何扭曲的。

别急，别急。这只是一个小小的革命时期。
我只是一场被叠起来的而你想倾尽所有逃避的瘟疫。
别急，别急。
我还是不想去歌颂那枚被你当作失而复得眼球的大红提。
一定是我的触角还没长大，童稚的触角。
你知道，那带来鲜活的迷惘和莫名的逆反。

无疾而终留下的伤口是铜绿色的。
像栅栏排列在肤浅譬如手臂的皮肤、深入诸如子宫壁、膀胱的地方。
如果那个尖存在的话。
而你们也该放心，因为我没带武器就出发了。
但其实这不是个好兆头。

最终我一定会顺利长出喉结。

作者简介

宋懋涵，邯郸学院教育学院特殊教育专业 2014 级学生。获 2015 邯郸大学生诗歌节征稿三等奖。

色拉寺的黄昏

◇ 郑华奇

坐在色拉寺的山岩上
斜倚一片黄昏

一卷经书与一朵白云
碎在了山间
不食人间烟火的滋味
寺院深深千点佛盏明灭浮沉

天蓝，风吹，浅黄的四围
唱经结束喇嘛收起了山头的色彩
让古寺里盛开的莲花
毡坐参悟三种寂寞伤了谁的痴心

漫漫轮回，佛号隐隐
我与谁比肩而过错过了一朵蔷薇
又是谁因一朵格桑误入佛门
风吹经幡，带来了青海湖边的告悔

在佛前起誓，忘却凡尘

而东山之上却升起了一轮白白的月亮，为谁

作者简介

郑华奇，西北民族大学经济学院金融学专业 2012 级学生。获 2015 邯郸大学生诗歌节征稿二等奖。

三千苦厄

◇林 海

黑夜里振翅的飞蛾
街灯下流浪的萤火
还有什么
在远处静默
手持净瓶的弥勒
飞渡莲花的佛陀
日暮时刻
银河沉淀着星罗
尘土里飞扬的寂寞
镜湖下低淌的失落
梦雨淋漓
漂泊着王国
我是雨中漫步的过客
我是灯下静默的老者
和着圣歌
吟唱三千苦厄

作者简介

林海，邯郸学院经济管理学院文化产业管理专业 2013 级学生。获 2015 邯郸大学生诗歌节征稿优秀奖。

一块石头和一个固执的人

◇高　源

一块石头和一个固执的人——
近乎完美地搭配!

他们喜欢坐在一起
严肃而温柔

说着各自的坚硬
同时也愿意倾听

石头不会变成身边的草
固执者也不会变成其他人

不必担忧将来偶遇时认不出彼此
这就是，最好最好的结局

作者简介

高源，北京师范大学文学院汉语言文学专业学生。获2015邯郸大学生诗歌节征稿优秀奖。

终去了

◇ 史新宁

黑夜的梦境，

在呼唤着离别的鸣笛。
澎湃的流水怕错过时间，
却不敢停止；
胆怯的黄鹂在招人瞭望，
却不知终究走不进你的世界；
而愚蠢的你，
却搞不懂一根火柴的价值；
于是一根长红绳系个死结，
来代表曾经，
你所犯下的美名。

作者简介

史新宁，邯郸学院武安分院初等教育专业学生。获 2014、2015 两届邯郸大学生诗歌节征稿优秀奖。

九月

◇ 雷东儒

九月，在深夜里醒来
醉酒的月光微熏
歌唱的生灵亢奋
躺在床上的魂灵没有墓碑
趴在地上的生命没有仇恨

九月，从骨子里渗出一丝凉
微弱得有些美好
夜行的人如同流动的水
九月的水，是微凉的水
在黑夜里，也是暗流涌动

九月，诗人和少年的眼睛
清澈见底，如同白昼时候的天空
不谈别离，也不说相逢
在黎明来临的时候
干净地落泪，干净地微笑

作者简介

雷东儒，山西传媒学院播音与主持艺术专业2013级学生。中国“90后”作家联谊会成员，作品见《杂文报》《台湾新闻报》《文学月刊》《光线诗刊》《巴中文学》《淮风》《忘忧草》《天涯诗刊》《新诗刊》等多家报纸杂志。

贝壳里的小诗（组诗十首选六）

◇张 会

（一）进化

直立行走

使人类解放了双手

昨夜 还沾满泥土的掌纹

今日 却散发出了铜臭

（二）两面镜子的对视

一个深不可测的人

看透了

一个深不可测的人

（三）自嘲

我站在大树桩上 这里

仍有斧头的愤怒

仰头想象曾经的茂盛

仿佛自己就成了树

头顶上

飞过一群疲惫的鸟

（四）暗恋

我把勇气对折

抛出倾慕的纸飞机

整个灵魂都在为这单程的探险

颤抖

幸福的边缘或许是

爱情的粉身碎骨

（五）恋爱中的我

毅然

波浪就是我的决心

投身于湖水的船橹

被湖水

温柔地折弯了

（六）失恋

平静的湖面飞起一只

过路的天鹅

曾经仰天饮水的倩影

突然变得那么贪婪和无耻

破碎的镜子

被它搅得七零八落

作者简介

张会，郑州大学文学院汉语国际教育专业 2014 级硕士研究生。获 2015 邯郸大学生诗歌节征稿优秀奖。

夜中人

◇ 王子睿

华丽的蛆虫依旧啃噬着无尽的夜。
晚安，朋友？
不，才刚刚开始。
以极尽的狂欢显示空虚，
以丰满的精神证明无知，
以纵情的欢愉表达寂寞。
这些落魄而不凄美的单纯动物，
愚昧地迷醉于激情与生理器官。
再看看，能清醒吗？

作者简介

王子睿，邯郸学院夏青传媒学院播音与主持艺术专业 2014 级学生。获 2015 邯郸大学生诗歌节征稿优秀奖。

研磨过往

◇ *石梦涵*

风轻轻吹来
云慢慢飘散
过往被静静研磨
化成了水
有时　在心底流淌
有时　从眼中漾出

作者简介

石梦涵，邯郸学院文史学院汉语国际教育专业 2014 级学生。获 2015 邯郸大学生诗歌节征稿优秀奖。

月亮

◇ 杨泽西

有一层雾是你均匀的呼吸
你的眼睛因它的游动显得更加神秘
这是第七十七个夜晚
我把自己的心单独安放在那儿
等待有人把它收留和认领
思绪离开宁静的巢穴居无定所
我躺在你的目光所能企及的地方
静静地凝视着你的酣睡
你的身旁我特意安排了两个牧羊人
一个圈养回忆，一个牵住我的灵魂
我确定你会在那儿出现
因白天我就寻遍了——
你过去所有出现过的痕迹
你不需要对我讲话
也不需要用表情对我有所回应
有一盏灯，悬在夜空和心头
我的房屋因你的照耀变得如此明亮
提一篮子诗句来看你
我不会轻易裸露给你看

要不你又揪住了我情绪的头发
扯得我生疼
我说的是这一篮子的可爱
青苹果的眼睛、紫葡萄的眉……
樱桃们只竖起鲜红的耳朵听
我提了一篮子的真心来看你
你绝对不能将我拒绝
我思想的羽毛都落在了这里
还有我的小心思、小情调
都涂抹成了它们鲜红的嘴唇
我不说，它们不说，你也肯定知道
有人说我恋爱了，有人说我没有
可这些日子，提着篮子
酿着鲜红的果子和诗句
每看你一眼——
我都紧张得要命

作者简介

杨泽西，河南大学民生学院艺术与传媒学院广告学专业2013级学生。获2015邯郸大学生诗歌节征稿优秀奖。

草木留春（组诗）

◇ 金小杰

（一）桃花

暮色总是来得很迟
你把三月的春风藏在了哪里
别笑
再笑胭脂都要褪了
就这样静静地站着
要等的那个人还没有来
而你
快要谢了

（二）梨花

一夜白头
不死不休地偏执
一朵带根的云彩
稳稳地站直了身子
春天未远暮色未合

你又何必

何必梨花带雨

歇斯底里

（三）石榴

一不小心便睡过了头

你这个糊涂的姑娘

还未来得及躲闪

便开出满树滚烫的火焰

你这小小的火神

到底在生谁的闷气

你要知道

并不是每一棵树

都有勇气错过春天

（四）牡丹

姗姗来迟的

不单单只是花朵

一同迟到的

还有露水、蝴蝶

一场倾城的大火

别回头

你盛开的地方
早已烧成一片火海
而你不必一顾再顾
便已倾城倾国

（五）丁香

大概是弄错了
花开得这般密小
用尽全力
也算不上漂亮
既然不能天生丽质
那只能把所有的美丽
化为暗香

作者简介

金小杰，菏泽学院初等教育系专升本2014级学生。山东省青年作家协会会员，菏泽市作家协会会员，菏泽市青年作家协会理事。曾获中国小说学会全国短篇小说优秀奖、山东省作协“青春文学大赛”现代诗歌组三等奖、山东作协“中国梦”主题征文三等奖等。

云端的绵羊

◇史 曼

总是有飘上来的气球打搅我的美梦
我俯视苍穹却没有看到过他们的小手
这几年来我还是不习惯不用呼吸和没有重量
我偶尔听到微风伴着海的歌声
看到贝壳懒散地躺在云端的海滩上
我透过阳光的温度看懂了时间的情愫
飞鱼说有一种幻想的自由叫做流浪
那么就让我做一朵没有形状的云吧
悠闲地找到你们看着你们
花儿说有一种甜美的泪水叫做思念
那就让我做一场温柔的风吧
吹吹你的卷毛和你们吃的草
我在云端过得很好
唯一的不习惯是白色的草
唯一的惦念是你们过得还好吗

作者简介

史曼，邯郸学院文史学院汉语言文学专业 2014 级学生。获 2015 邯郸大学生诗歌节征稿三等奖。

第六部分

我愿是那一株白杨

天问

◇ 郑金波

生命的起源到底是一场猝不及防的意外还是循序渐进的安排
一百五十亿年前
你我还有整个宇宙都是一体
因一场爆炸而被迫分离
从此星河灿烂宇宙生成
种种机缘巧合与繁复过程在荒莽的岁月里孕育了生命
我知道有始也必定有终
那在宇宙生成之前我们是星尘还是火种
在宇宙膨胀之后我们是毁灭还是新生
生命的起源到底是一场猝不及防的意外还是循序渐进的安排
宇宙加速扩张仰望星空都是多年前的景象
好自珍惜啊终有一天我们的世界无月也将无星
今日的种种真理与事实竟会变为日后子孙们无论如何也不能相信的谬误与谎言
那还有什么是所必须固执的
包括道德与理智包括宗教与科学
可总该有衡量的标准吧
我相信人是万物的尺度
不管是沧海桑田还是斗转星移

不管是宇宙毁灭还是日月再生
爱和幸福始终是生命极致的信仰
可是谁能告诉我
生命的起源到底是一场猝不及防的意外还是循序渐进的安排

作者简介

郑金波，邯郸学院文史学院历史学专业2012级学生。获2013邯郸大学生诗歌节征稿三等奖、2015邯郸大学生诗歌节征稿一等奖，作品见《九月》等刊物，并被收入《开在花海的青春——邯郸大学生诗歌节作品精选（2013）》。

他们

◇丁 鹏

他是五千年前的彩陶画师
怀着一粒粮食对天空的敬畏
你称之为成熟的东西
喂养羁留于花园内的灵魂
纸人般的灵魂附着在他身上
死灭的灵魂变成冰晶的模样
他用笔来收殓他们
他痛哭之时他们总沉默不语
北风呼啸着穿过北方的原野
大地承受着众神的鞭笞
他是那伤痕里溢出的一滴血
脱落的一片痂

作者简介

丁鹏，北京大学新闻与传播（创意写作）硕士研究生。吉林省作家协会会员、中国散文诗研究会会员。作品见《词刊》《中国诗歌》《民族文学》《作品》《诗选刊》《山东文学》《星河》《青春》《散文诗》《零》《青年文学家》《云爆弹》等杂志，并入选《盛开·“90后”新概念》《青春纪：“90

后”新概念作家写作档案》《90’s 大合唱》等文集，先后在“包商银行杯”全国高校文学征文、中华校园诗歌节征文、全国大学生樱花诗歌赛等比赛中获奖，获 2015 邯郸大学生诗歌节征稿二等奖。

往事像风一样

◇ 罗志华

那时候，我带着刀耕火种的诗集出走远古
从中原大地流落到西北一角
沿途乞讨，如同一只即将老死的僵虫
亡命挣扎，头颅上还沾着
松花江的鲜血，
命薄，才会用手指小心翼翼地抚摸过去
将自己托付给风声、雨声……
在雷电交加的夜晚，慢慢走向死亡

那时候，我依靠一部刀耕火种的诗集活着
从唐古拉山跌入玉龙雪山，苟延残喘
月光斜倚在地表缝隙，如同一个醉倒的酒鬼
酣然假寐，心底却空得那么彻底
不过一斤酒量的死鬼，却要等到
南北磁力，振动雪山落泪
即使喉咙卡着出逃的罪证
也总不能嚼碎疼痛，全部下咽
这么多年过去了，我遍体鳞伤地张望
也无法再像幼时一般，低头数着蝼蚁

和它们身上扛着的白色
曾经以为念念不忘的永恒，终究独自
亲手剖开裸露了五千年的寒骨，取下
那些盐粒般大小不一的文字和稿纸
从泛黄到泛黄，把恐惧塞进耳膜里
叮叮当当地走着，一个人跨越了多少世纪
后来，当我放下骨针、石片，还有火
和泥土混在一起，狂奔
却找不到一个可以落脚的地方，耗尽青丝
我老了，皮肤褶皱，身体干瘪
在诗集中收割时间的麦芒，却把
新捡到的镰刀缝在伤口，无法愈合
而我，也在这青黄不接的过程中，走着
丢失着那五千年一页一页的诗稿

作者简介

罗志华，河北大学政法学院社会工作专业 2013 级学生。作品见《九月》等刊物，并被收入《五月的幸福——邯郸大学生诗歌节作品精选（2014）》，获 2014、2015 两届邯郸大学生诗歌节征稿优秀奖。

东坡与渊明

◇ 相见欢

嘉陵江上
引一霁月光入酒
将人生的悲喜
一并饮下
唯留风中的清雅馨香
影中的飘逸豪放
快意人生
笑看　清辉了如雪
桃花源中
赏一抹山色入笔
将自然的缤纷
一并画下
独邀风中的彩蝶共舞
篱中的傲菊迎霜
笑对红尘
静观　千树映繁花
且听风吟
唱不尽东坡一生豪迈坦荡
且嗅花香

飘不散渊明一世淡泊致远

悠悠岁月

品茗独享

作者简介

相见欢，本名郑璐，辽宁师范大学文学院汉语言文学专业2012级学生。

我愿做一簇蒲公英

◇ 韦　运

我愿做一簇蒲公英
任意、潇洒
随风飘扬
不问风是否挽留
因为我知道这一切
本是宿命一场
所以无须去抱怨什么
四处漂泊流浪
只是为了下一次
更好地盛开

我愿做一只萤火虫
安静、快乐
闪耀在黑暗之中
不在乎黑夜的冷漠
因为我知道这一切
本是宿命一场
所以无须熄灭自己的光芒
这束微弱的光

照亮了前行的路

指引我飞翔

作者简介

韦运，中北大学计算机与控制工程学院自动化专业2013级学生。

现代文学史上的浙乡前贤

◇ 王磊斌

柔石

为了忘却的记念

凝固了你独有的台州式的硬气

水柔石刚的你

流着泪写尽了为奴隶的母亲的苦难与悲凉

你笔下的青年虽显彷徨，但并不绝望

他们执着

执着于在苦闷到快要窒息的时代中

依旧苦苦地寻着一条可以前行的路

你说你的梦想是要熬过那乍暖还寒的二月早春

因为那以后便有我们长长的美好未来

但可惜的是，你没能亲眼看到如此美好的现在

郁达夫

富春江的水被战火搅得混乱

你的心真的被激怒了

你不再自我抒情于水样的春愁

也不愿沉沦在零语者无聊的琐碎

更不会在春风沉醉的晚上暗自伤感

你奔走南洋，一心抗战

置之死生而不顾

你祈求和平，梦想着富春江的水能再次平静

于是

你招魂抗倭名将戚继光

滴血呐喊，泪洒长空，盟誓对故乡

会稽耻，终当雪；楚三户，教秦灭

作者简介

王磊斌，中国矿业大学文学与法政学院中文系文艺学硕士研究生，校《矿大研究生》杂志编辑。

三月，做短暂的教师和候鸟

◇ 李博谦

生活中嵌入了崭新的书签
我有了第一批同事和学生
也像所有疲于奔命的人一样
在天光微明的时候坐上早班车
流浪在异乡满目疮痍的对角线上

老城陌生但不浮华
旧公交拖着笨重的壳艰难行走
长长的地道桥的尽头
卖粘鼠板的和旧书商比邻却毫不违和
如同梅菲斯特与上帝携手同行

可我并不是合格的教师
总爱和孩子们谈诗歌和理想
他们好奇又配合
我却总忘了讲试卷上的生字和课文的主旨

芍药花开满学校的季节
我仿佛看到了离别的日子

离开我小小的办公桌和教室
还有教书又兼卖化妆品的同事和爱接话茬儿的孩子

但我也不知道
故乡的青石板是否卸下了墨绿的眉
就让我做短暂的教师和归乡的候鸟
在燕子尚未飞还的季节

作者简介

李博谦，黑龙江外国语学院汉语言文学专业 2012 级学生。

致师公

◇余 杰

我们没有多少人见过你，
但看着照片，
不少女生都在心里暗叫
——好帅气。

从来没有哪一幅婚纱照，
我们欣赏得如此仔细。
我们陶醉在你们的幸福里，
感动从心底溢出，
悄无声息。

最大的赞赏送给你，
是你最终虏获了她的芳心。
最大的肯定送给你，
是你让照片上的她笑得如此甜蜜。
最真诚的祝福送给你，
因为你从此拥有了世界上最宝贵的东西。

她温柔、细腻。

她美好得小心翼翼，
她抚慰着一切受伤的心，
她不忍伤害任何东西。
她，尤其在乎你。

我们是她面前从未长大的孩子，
我们也是你永远的情敌。
她陪伴我们走过了最难忘的岁月，
她给我们的爱，
如今已散落在各地的我们无法忘记。

拥有她，
你像拥有了一轮最明亮的太阳，
她会时时温暖你；
拥有她，
你也像拥有了一轮最清冷的月亮，
她皎洁美好，
却也脆弱易碎。

把温暖都给了别人的人，
内心会感到落寞孤寂。
不忍心伤害一切的人，
常常会让自己受委屈。

请答应我们，

当她为像曾经的我们一样的小坏蛋生气、伤心时，

请陪伴在她的身边；

当她为付出得不到回报、努力得不到认可而灰心、难过时，

请陪伴在她的身边；

当她受到了委屈，遭受到了不公平的待遇时，

请陪伴在她的身边；

当她生病、痛苦，感到无助时，

请陪伴在她的身边；

……

当她遇到人生中所有的失意与悲伤时，

都请陪伴在她的身边。

这样，她会与你分享她生命中所有的喜悦，

她会一直陪伴在你的身边，

直到生命的终结。

我们爱她，

所以我们爱你，

所以我们也偏心。

请你让她拥有幸福的笑颜，

请你让她拥有充满了期待的明天。

她会带给你幸福。

请你，让她比你

更幸福。

作者简介

余杰，东北师范大学马克思主义学部 2014 级学生。

上大学就像喝了一杯绿豆沙[1]

◇ 尹俊杰

上大学就像喝了一杯绿豆沙，
你或许早就听说过它，
从同学，从朋友，在路上，在网上，
或者是你看见过别人喝，
但你想着亲自尝一尝，
大学就是这样，
在你到这来之前，
只是听说过它，却很想亲身体验一下；

上大学就像喝了一杯绿豆沙，
有的说它喝起来可口冰爽，有的人说它没什么营养，
等你喝了之后才知道，
每个人都会感觉到不同的味道，
大学就是这样，
每个亲自上过的人都会有着自己独特的感受。

上大学就像喝了一杯绿豆沙，

---

❶ 绿豆沙，冷饮，北京常见的冷饮，人们习惯称之为绿豆沙。

超市里面有让人眼花缭乱的冷饮，
但你只选了绿豆沙，
绿豆沙有很多杯，
这杯绿豆沙，那杯绿豆沙，没什么不一样，
但只有你选择了的才是你的，
上大学就是这样，
高考结束时你面临多种多样的大学，
也有各种各样的抉择，
但只有你选择了的大学才属于你；

上大学就像喝了一杯绿豆沙，
你一直想着喝一杯绿豆沙
在你又累又渴的时候，
可你到了超市才发现自己的钱不够，
你没有买别的冷饮，
宁可等到下一次再来，
考大学就是这样，
高考分数不够，
你宁愿一年之后重新再来；

上大学就像喝了一杯绿豆沙，
你只有在超市里才能买到它，
当你到食堂吃饭，到浴室洗澡，到教室上课，
想着再喝一次时才发现办不到了，

上大学就是这样，
你在最美好的年华到了大学，
离开之后久就没有机会再来一次；

上大学就像喝了一杯绿豆沙，
包装上面标明了各种营养指标，
它或许并不适合你的身体，
但你在喝过之后就很难忘记，
上大学也是这样，
开学之前读遍了学校的介绍，
想来的终究还是会来的；

上大学就像喝了一杯绿豆沙，
本来准备买一瓶矿泉水，
不想你的同学已经帮你买了绿豆沙，
喜不喜欢都要喝了，
上大学就是这样，
不管你到这是自愿还是不情愿，
你都已经来到了大学；

上大学就像喝了一杯绿豆沙，
绿豆沙的包装很平常，
但是它的味道只有尝了你才知道，
大学或许就是这样，

它的表面像每一所大学
但它真正的内涵只有你会知道；

上大学就像喝了一杯绿豆沙，
大学里的垃圾桶不多，
但你会看见里面散落的绿豆沙杯，
每每看到此时，
就会会心一笑：喝过绿豆沙的人在这留下了痕迹，
上大学就是这样，
当你走到了社会上，
会发现，那里很多地方都有大学人的痕迹；

上大学就像喝了一杯绿豆沙，
当你劳累的时候就会想起那熟悉的味道，
想起在大学超市里喝过的绿豆沙，
上大学就是这样，
当你在毕业工作之后感到疲累，
就会想起在大学里一起喝绿豆沙的日子。

上大学就像喝了一杯绿豆沙，
一杯绿豆沙只要三元钱，
当你走进超市，
你就只是想着喝一杯，
当你渴了累了疲倦了，

朋友就会在你身边说一句：

"走，我请你喝绿豆沙！"

这句话像极了毕业多年的问候：

"那时候，很高兴和你一起上大学！"

作者简介

尹俊杰，中国人民公安大学交管大队交通管理工程专业2012级学生。

校车驶过樱花大道[1]

◇ 李义洲

樱花树正在逐一向我问候。她们伸出
手臂，仿佛要挽留一只飞鸟。
我喜欢她们现在的样子：默默地吐绿，
默默地和银杏和桂树在天空交汇。
事情总是那么短，一场春雨不容我更多地
幻梦。曾经的日子快小得难以分辨，
在教室的窗棂上和尘埃共舞一曲。
曲子有终结的一刻，但回忆没有，窗外的
樱花树也没有，一年又一年，温习相同的梦。
寻梦的人倒是走了又来——我一直听着
坐在我后面的两个人，他们谈论着新的校园，
交换彼此第一次看到樱花盛开时的心情。
“第一次”，多么鲜活的词语，一切都在等待
而我将第一次闻不到从对面游来的桂花的香味，
也将第一次看不到银杏树上栖满金色蝴蝶的早晨。
还有很多这样的“第一次”，几乎要抵得上
我第一次来这儿的时候。那个时候啊，樱花树也只是

---

❶ 写在毕业之际。樱花大道是武汉大学校内一著名景点。

静静地立着，伸出绿色的小手，欢迎四方朋友。
“朋友一生一起走”，有首歌是这么唱的，如今的我
也要把它唱起，在那举杯的时刻，啤酒的泡沫
越漫越高，星星大片大片地粉碎，月亮昏昏沉沉，
像当初你绵软无力的腰肢。多少个夜晚，
我们从樱花大道上走过，欢笑着告别，
告别是一条路从此分向了两端——
有一扇门合上了月色，就有一扇窗推开了
鸟声：泪水是如此清晰地被听到。
来不及说些什么，校车就已经
一溜烟儿地驶过了樱花大道。

作者简介

李义洲，笔名述川，武汉大学文学院汉语言文学专业学生。

写给本科同窗的十四行

◇ 张子竹

那天望着夕阳的灿然晚霞，
于是忆起往昔的纯真时光，
我们感叹逝去的青春韶华，
思念已然天涯的手足同窗。
不要问人生的起点是否相似，
也别去管才智的聪敏和蹇驽，
生命的旅途注定交汇于此，
只要品行高洁便是泮宫的翘楚。
无论未来会经历些什么，
此刻只愿把青春的诗篇低吟，
弱冠也终会老去，可请记得，
我们也曾是那青青的子衿。
晚霞逝去，夜幕带走了最后一丝光明，
就让我们用希望与理想，点亮这满天的繁星！

作者简介

张子竹，笔名萨沙，圣彼得堡国立大学语言系比较文学专业博士研究生。

陇中吟（组诗四首选一）

◇ 孟甲龙

指针流淌
刺骨寒风被金乌的光芒驱散而尽
莫高窟上沉淀的积雪
一个昼夜便销声匿迹
虔诚者继续吟唱古老泛黄的经书石文
时间飘浮使万物更新
白昼把黑暗推向深渊
灵魂般隐约可见军马场缥缈的青草
焉支山南麓也曾铸就一个短暂的辉煌
祁连山脉以北的马营滩草原
微微流露着猎犬的锋利光芒
陇原祥和的静谧
风沙扬起沉睡的黄土
历史的尸骨昭示了曾经金戈铁马的疆场
一个古老民族书写的不古传说
潜藏在黎明的开始
细细感受烈马长嘶的悲壮
俯卧于汉明长城脚下的新河遗址
给山丹县城披上鬼魅的色彩

黄土高原
更像是一位母亲耄耋之年的身影
风烛残年即将永久沉睡的模样
那像是沟壑纵横的皱纹清晰
沙漠泯灭了坚韧的岩石
风吹散覆盖露出坚硬一隅
似乎要与天地同老共亡
踏进春天的角落已经碧绿成片
仍有地方死一般沉寂

作者简介

孟甲龙，笔名龙啸天（曾用笔名彬蔚少年），兰州财经大学金融学院金融工程专业学生。中国诗人阵线会员，中国网络诗歌协会会员，《中国诗》签约作者，在《读者》《浮萍文学》《中国诗》《网络诗选》等报纸杂志发表诗歌100多篇，诗歌入选《中国诗歌大观2014卷》《贵州作家网作品精选·2014年卷》《中国草根》《当代诗歌诗选》《中国经典短诗》，获第三届世界华语一叶文学奖提名奖、中国作家联盟诗词大赛一等奖、首届“新辰杯”征文大赛二等奖、第四届“美文杯”有奖征文大赛一等奖、第二十届虞姬杯全国征文大赛三等奖等。代表作有《混沌之世》《我唾弃你的流年》等。

心念草原，风和日暖

◇ 陈宏波

在蒙古人的绿都里
一群会呼吸的白云
悠闲地品尝着，大地
为它们烘焙的绿色点心

云端的那位姑娘，一颗
从青草里长出来的红莓
是蒙古人的妻子
他们的小女儿，兰若
蝴蝶似地依偎着红莓
安详地吮吸着来自母亲的爱的供养

骑在马背上
叮咚地弹完了这首诗的
是那个蒙古人
他来自南方

“咩……”
白云间传来了阵阵和声

沉浸在幸福中的蒙古人

早已分不清

是羊在叫

还是他调皮的孩子们学羊在叫

作者简介

陈宏波，字予之，中国科学技术大学公共事务学院公共管理专业2013级硕士学生。

我愿是那一株白杨

◇ 鲁 倩

我愿是那一株白杨
在大漠孤烟驼铃阵阵的梦中孕育
那时垂死的胡杨在飞沙走石中
留下了沧桑岁月的痕迹
古老丝绸路上那缥缈的吟唱
不断敲击着我那亘古荣常的梦
想看看头顶是个怎样的天地
我不断积蓄力量
向上向上再向上
直到有一天眼前出现了一道耀眼的强光
在这光明的世界里
我看见红柳依偎着沙丘
沙丘紧连着绿洲
耳边传来牧羊人响彻天际的鞭鸣
为了让自己的视野更加开阔
我努力地汲取水分和养分
我欣喜地看到
达坂城的坎儿井诉不尽民族的智慧
吐鲁番的葡萄甜不过维吾尔族姑娘的笑脸

哈纳斯的壮美人间仙境让人流连忘返
石河子的军垦铁杵刨出了一片沙漠绿洲
乌鲁木齐的霓虹彰显着大都市的繁华
此刻又是一串驼铃吟唱着亘古不变的旋律
却仿佛比梦中的更清澈、更欢快
我只是那一株白杨
在飞速发展的西部边陲洒下一片阴凉

作者简介

鲁倩，湖南文理学院文史学院汉语言文学专业 2012 级学生。获 2015 邯郸大学生诗歌节征稿优秀奖。

绿茶吟

◇ 朱旭慧

在一盏绿茶面前，仙境是茶色的
——是碧波千顷的芽孢娇嫩
把陇南的春天沏成一壶仙境

芽叶，按照沸水和饮者的心思
以倒序的方式在杯盏中
舒展身姿，水波微微荡漾
浸泡出青翠的本色
白毫如雪纷飞，浮动的
和落定的绿色，内部的香味儿
徐徐飘出来，冒过杯沿
把阳坝的云蒸雾蔚
康县的热气氤氲，娓娓道来
透过黄绿清亮的茶汤
缕缕溢向一个民族的舌尖

置身康县，细品一盏绿茶
脉脉地从口到心
品一口再品一口

就看见了茶树身体里

蕴含着的每一壶仙境

回荡着春的香味儿

作者简介

朱旭慧，笔名紫蔷薇，兰州理工大学经济管理学院财务管理系学生。作品见《诗刊》《飞天》《诗林》《延河》《鹿鸣》《大昆仑》《星河》等刊物，获第四届（中国）“十佳校园诗人”奖、2015 邯郸大学生诗歌节征稿优秀奖等十余项奖项，有诗歌入选《新乡土诗选》《中国诗歌地理·女诗人卷》《2013 年全国高校文学作品排行榜·散文卷》等选本。

盛世繁歌

◇ 葛浩杰

我听到一阵欢呼
那是一阵怎样的欢呼
历尽苦难
艰难挺起
沉重脊梁的欢呼
充满尊严
高高举起
曾经失落的荣耀
来自亘古的呼唤
扬起苏醒的头颅
一曲激昂
盛世繁歌

骄傲沉睡着的君王
固执葬送了
他眼中视若草芥的
亿万人民
黑暗的洪流
屈辱

暗无天日的国度
被野蛮强暴的国度
漫长地抗争
光明——这来之不易
的幸福
洒满了牺牲者的鲜血
我的中国
我要你富强
我会沿着父辈的足迹
接过他们手中的旗
再没有什么
能弯下
我们中国
那坚毅不屈的脊梁

被禁锢的岁月
人如牲畜的过往
湮灭于历史的风尘
久违的自由
我越过祖辈肩上的山峦
见到了他们
渴望已久的大海
那辽阔的蔚蓝
是他们不曾见过的深邃

当年华在光阴中老去
我站在这片
浸满了祖辈鲜血的地方
我那奋斗的青春
会给予我足够的勇气：
我深爱这片土地
一如为之流血牺牲的先辈
没有战火
就还他一个
盛世中国

那逝去却依旧
鲜活的生命
那饱经挫折却依旧
滚烫的热血
相互依偎的欢呼
我听到了盛世的音符
一曲激昂
盛世繁歌

作者简介

葛浩杰，河北科技师范学院机电工程学院电气工程及其自动化专业 2013 级学生。

滏阳河畔（组诗五首选一）

◇ 王玉佳

水的孩子

出生那年，父亲去河边舀一瓢清水
为我洗净身躯
听说可以洗涤孩童幼小的灵魂
其实那是第一次与水结缘
——在水中嬉戏，呼吸世间的新奇
所以我总认为自己是水的孩子
喜欢在河边，在雨中
漫步。将悲欢寄给鱼儿
时常想，我真的是水的孩子？
我是水的孩子，对此我深信不疑
我的体内融着水的血液，我的成长
我的每一次呼喊都幻化着水的样子
我真的是水的孩子啊，我的儿孙也都将是
亲爱的母亲、父亲和我的祖辈们
我知晓你们也出生在这儿，并只与水相关

作者简介

王玉佳，笔名寒沫，河北经贸大学经济管理学院经济系金融学专业 2013 级学生。获 2014 邯郸大学生诗歌节征稿优秀奖。

印象邯郸（组诗十首选四）

◇ 毕胜男

（一）女娲情怀

瑰丽绚烂的五色石
在熊熊炉火中化作滚滚岩浆
那沸腾着的气泡
是天边织锦般的彩霞
那个名为“女娲”的女子
有着补天的壮举
也有着慈母的柔情
她捧一抔泥土在手中揉捏
落地便是活蹦乱跳的小人儿
她在她的娲皇宫里
守护这世界
永生永世
她那悬崖峭壁上的宫殿
守护着她
永世永生

（二）磁山之光

火光迸溅的新石器

在沉沉暗夜里点亮熠熠星光

那星火映衬的磁山

是先民脑海中乍现的灵光

他们不再茫然无措地奔跑、流浪

而是在这土地上

安居乐业　扎根生长

当第一粒种子结出饱满的粟

漫山遍野都是欢呼着　歌唱

核桃树上摇曳一片暖阳

家鸡吟唱着智慧的诗行

他们一步步向文明进发

为华夏历史翻开了新篇章

他们

书写着历史

历史

记载着他们

（三）曹魏盛世

一樽杜康

将满腹难言的苦楚淹没
他期待着　盼望着
月明星稀时可看乌鹊满枝
群贤毕至　共图霸业
那是他心中的盛世
他未等到陪他舒展宏图的能人
却等来了各抒情怀的志士
月下的慷慨悲歌
花间的激越吟唱
将那建安风骨
化作细雨
润物无声
漫天的星辰
璀璨了时代
他拥有着
属于他的别样盛世

（四）北齐佛光

梵音轻响
将那粒“善”的种子
深埋于香烟缭绕的石窟、佛堂
每一个佛龛里
神灵的笑靥都开出了花

他们将智慧的经卷

刻在南北响堂、娲皇宫的山崖上

那不可言说的真谛

便在岩石上扎根、生长

虔诚焚香

不求探知前尘过往

不求预知后世虚妄

只求

读经　释然

再看那佛光

万丈

路在前方

行在路上

作者简介

毕胜男，邯郸学院文史学院汉语言文学专业 2013 级学生。诗歌被收入《五月的幸福——邯郸大学生诗歌节作品精选(2014)》，获 2015 邯郸大学生诗歌节征稿优秀奖。

我在赵都流浪

◇ 李馨璐

流浪，流浪
在踽踽独行的远方
耳畔是风在嘶吼
浪花拍碎朝阳，抬头望见天窗
身体在空气中发酵
酸气掩盖酒场面庞

心头，眼角
现实断裂后，涌在潮湿的海港
跋涉千里的倦累
弥散在沁河北岸，学步桥头
勾勒出赵王城的剪影
悄怆，萧条
寂寞了灵魂与明朝

风依旧在嘶吼
挣裂胸口的悲傲
雨水湿了整个世界
只干枯了赵都龟裂的石板

阳光刺不透空气的灰尘
灰尘中疾驰着公交
公交下庸庸碌碌的人群
仓皇，彳亍

放缓独行的脚步
更像是柴可夫斯基的安魂曲
天空是灰白色
道路是灰白色
漆黑的瞳孔是泼了墨
苍白的命运是刷了浆
水乳，交融
一片惨烈的灰白

是末日里的玛丽·安托瓦内特
断头台上的露珠
街头巷角的甜品店
恍惚听见嘲笑——
为什么不吃蛋糕
是对我，对她
还是对流浪在塞纳河沿岸的巴哥犬

旧书店泛着发霉的气息
厚重的外文书腐烂了硬壳

是索福克勒斯笔下的俄狄浦斯
杀父娶母的荒唐
还是帕尔塞福涅放走的西西弗斯
巨石与陡山的无望
一样，一样
一如我在流浪

过分慵懒的姿态挑战着身旁的喧嚣
格格不入，或晦或暗的基调
垃圾桶的角落里蜷着一只黑猫
目光与明绿色的眸交错
似乎有人低语——
你看它，不正像另一个你
我笑笑，不置可否
想着是否该应景吐出一团黄色鸟毛
是啊，多像
舔舐着伤口，马不停蹄地流浪

流浪在荀子祠堂
《荣辱》《非相》写不出脚下的彷徨
门前古柏
葱茏着两侧成行

流浪在滏阳河畔

护城河水驱散了莽撞

淌出哗啦啦一片

长烟浩荡

流浪在娲皇宫中

摩崖刻经中的祖神何等寂寞

宁可抟土

也要造人为伴

流浪在武灵丛台

雪洞花苑的伤痕，李杜白刘的嗟叹

回澜亭石碣上的梅与兰

绽放千年不知是同伴

十字路口闪烁的红灯

二十四楼阳台上枯萎的盆栽

三十一路公交深红色的车身

四十九号院低矮的公寓

流浪，流浪

我用流浪者的眸冷眼旁观

我用流浪者的心自导自演

流浪，流浪

风从未停止嘶吼

我是赵都的孤儿

我在赵都流浪

作者简介

李馨璐，笔名唯洛，邯郸学院文史学院汉语言文学专业2014级学生。获全国语文竞赛二等奖、2015年邯郸大学生诗歌节征稿一等奖，多次获得书法、征文类比赛奖项并荣获中国当代青少年书画家称号。常年从事文学创作，散文、小说、诗词皆有涉猎，部分连载于晋江文学网。